D1731871

Stefan Naglis
Geld und Gier

Stefan Naglis

Geld und Gier

Kriminalroman

Cosmos Verlag

Ich danke Werner Benz von der Kantonspolizei Zürich
für die wertvollen Hinweise

© 2010 by Cosmos Verlag, CH-3074 Muri bei Bern
Lektorat: Roland Schärer
Umschlag: Stephan Bundi, Boll
Satz und Druck: Schlaefli & Maurer AG, Interlaken
Einband: Schumacher AG, Schmitten
ISBN 978-3-305-00440-9

www.cosmosverlag.ch

1

Das Haus wirkte klein und romantisch mit dem Vorgarten und den kurzstämmigen Apfelbäumchen. Die weisse Hausfassade reflektierte die Sonnenstrahlen und die rostfarbenen Dachziegel schienen zu leuchten. Eine traumhafte Idylle an diesem Morgen. Wenn da nicht die rot-weissen Absperrbänder gewesen wären, die das Grundstück abgrenzten.

Marc Steiner parkte in einer Querstrasse. Er hatte vor dem Haus keinen freien Platz mehr gefunden. Die Fahrzeuge der Kriminaltechnik, des Kriminalfotodienstes, des Instituts für Rechtsmedizin und andere Autos, die er nicht kannte, standen kreuz und quer vor dem Eingang. Er stieg aus dem Wagen aus und streckte seinen Rücken. Obwohl es noch früh war, brannte die Sonne bereits auf seinem Nacken. Er sah sich kurz um. Eine mittelständische Einfamilienhaussiedlung, Vorgärten mit Blumen und Sträuchern. Jedes Grundstück war vom anderen durch eine exakt geschnittene Hecke getrennt. Er überquerte die Strasse und bahnte sich einen Weg durch die Fahrzeuge bis zum weiss gestrichenen Gartentor. Dort stand ein Sicherheitspolizist der Kantonspolizei und hob die Hand zum Gruss. Steiner grüsste zurück. Der Polizist war ihm schon öfters begegnet, Steiner konnte sich aber nicht mehr an seinen Namen erinnern. Ich werde älter, dachte er. Früher habe ich Namen nie vergessen.

Er schritt durch das offen stehende Gartentor und ging über quadratische Betonplatten auf das Haus zu. Der Rasen war perfekt gemäht, kein Unkraut war zu sehen. Er passierte ein Beet mit roten und gelben Rosen. Bei jedem Rosenstock war ein Schildchen mit dem Artennamen angebracht.

Zwei Treppenstufen führten zum Hauseingang. Die Tür stand offen und von innen waren Stimmen zu hören. Steiner blieb einen Moment stehen.

Er wollte gerade weitergehen, als eine Gestalt in einem weissen Overall in gebückter Haltung mit vorgehaltener Hand aus der Tür gerannt kam. Abrupt blieb die Gestalt stehen, beugte sich hinunter und übergab sich direkt vor Steiners Schuhen.

Steiner verzog angeekelt den Mund und machte einen Bogen um den gelblichen Brei am Boden. Ein säuerlicher Geruch stieg ihm in die Nase.

«Entschuldigung!», keuchte der Mann.

Jetzt erst erkannte Steiner ihn. Es war der junge Polizist, der vor kurzem zur Kriminalpolizei gestossen war.

Steiner stieg die Stufen hinauf und trat durch die Eingangstür. Er befand sich in einer schmalen Diele. An der Wand hing ein gerahmtes Foto. Es zeigte einen Mann und eine Frau, davor zwei Kinder im Alter von vier oder fünf Jahren. Im Hintergrund erkannte man einen geschmückten Weihnachtsbaum. Die Eltern lachten, die Kinder nicht. Jetzt fiel ihm auf, dass die Kinder gleich angezogen waren und sich glichen wie ein Ei dem andern.

Steiner ging weiter und betrat das Wohnzimmer. In der Mitte des Raums lagerten verschiedene offene und geschlossene Metallkoffer der Spurensicherung und des Kriminalfotodienstes. Daneben stand ein Mann, der ebenfalls einen weissen Overall trug, ein Handy am Ohr hielt und aufgeregt hineinsprach.

Als er Steiner bemerkte, sagte er: «Er ist jetzt gerade gekommen», und beendete das Gespräch. «Hallo Marc», begrüsste er ihn und reichte ihm die Hand. «Gut, dass du da bist.» Es war Toni Hasler. Er war seit gut zwei Jahren bei der Kriminalpolizei, vorher hatte er bei der Verkehrspolizei gearbeitet. Steiner kannte ihn als eher zurückhaltenden, verschlossenen Kollegen. Es war ihm nie klar gewesen, warum Hasler zur Kripo gewechselt hatte, denn er war kein typischer Teamplayer.

Steiner nahm seine Hand. «Morgenverkehr. Darum hat es etwas länger gedauert.»

«Danke, dass du sofort gekommen bist.» Hasler machte einen nervösen Eindruck. «Übrigens kennst du schon meinen neuen Partner?»

Steiner nickte. Mit einem Schmunzeln drehte er sich zur Eingangstür um. «Ja, den habe ich bereits draussen kennengelernt.»

Mit heiserer Stimme fuhr Hasler fort: «Ich bin wirklich froh, dass du da bist.» Er sah sich kurz um, als wollte er sich vergewissern, dass ihnen niemand zuhörte. Dann beugte er sich zu Steiner vor. «Das hier ist nämlich eine Nummer zu gross für mich.»

Steiner bemerkte ein Vibrieren in seiner Stimme. «Also», sagte er. «Erzähl mir, was hier passiert ist.»

Hasler räusperte sich kurz. «Heute Morgen, kurz nach sieben, meldete eine Nachbarin, dass etwas nicht stimme.»

«Was genau hat sie gemeldet?»

«Sie sagte, die Tür zum Haus stehe weit offen.»

«Ist das denn etwas Besonderes?»

«Sie meinte, bei Englers sei das nicht normal.»

Die Nachbarin hat recht, dachte Steiner. Jemand, der einen so perfekt gepflegten Garten hat, lässt nicht einfach die Haustür offen stehen.

«Das ist aber noch nicht alles», fuhr Hasler fort. «Die Nachbarin sagte auch, sie habe in der Nacht laute Stimmen gehört. Der Mann und die Frau hätten sich gestritten. Das sei auch nicht normal. So etwas habe es bei den beiden noch nie gegeben.»

«Ich verstehe», entgegnete Steiner. «Und dann ist ein Streifenwagen hergefahren, um das Haus zu überprüfen?»

Hasler nickte nervös. «Ja, genau. Sie sind hergefahren und ins Haus gegangen.» Er atmete schwer ein und liess die Luft hektisch wieder entweichen. Er hob den Blick zur

Decke. «Oben haben sie sie dann gefunden.» Jetzt blickte er Steiner direkt an, sein Mund zitterte, seine Augen wurden wässrig. «Marc, so etwas habe ich in meinem ganzen Leben noch nie gesehen.»

Steiner sah ihn an und versuchte das Schreckliche, mit dem er konfrontiert worden war, in seinen Augen zu lesen. Dann schwenkte er seinen Blick nach oben. «Ich werde jetzt hinaufgehen», sagte er und spürte gleichzeitig, wie ihn ein beklemmendes Gefühl ergriff.

«Warte!», rief Hasler.

Steiner drehte sich fragend zu ihm um.

«Sie sind da oben noch nicht fertig. Du musst einen Schutzanzug anziehen.» Er deutete auf einen offenen Aluminiumkoffer am Boden.

Steiner beugte sich hinunter, zog einen Overall heraus und schlüpfte hinein. Die Ärmel und Beine waren ihm zu kurz, und er kam sich darin etwas lächerlich vor. Aber er hatte keine Lust, sich einen passenderen herauszusuchen. Er wollte das, was dort oben auf ihn wartete, hinter sich bringen. Er zog sich die Haube über den Kopf, legte den Mundschutz an und schlüpfte in die Schuhüberzüge. Zuletzt streifte er sich die Latexhandschuhe über die Hände.

Der Schutzanzug machte ein knisterndes Geräusch beim Gehen. Steiner stieg die Treppe hoch und achtete darauf, sich nicht am Geländer oder an der Wand abzustützen. Mit jedem Schritt wurden seine Beine schwerer und sein Puls beschleunigte sich. Der Mundschutz spannte über seiner Nasenwurzel. Er versuchte, sich innerlich auf das vorzubereiten, was ihn erwartete.

2

Blitzlichter erhellten für Sekundenbruchteile die Räume und das metallische Klicken von Kameraverschlüssen unterbrach die gespenstische Stille.

Die Routine der Spezialisten der Kriminaltechnik, der Kriminalfotografie, der Rechtsmedizin und anderer Experten nahm in der Regel nie besondere Rücksicht auf die Opfer, die sich noch am Tatort befanden. Es wurde über private Themen diskutiert, gepfiffen, manchmal auch über Witze gelacht. Das war vielleicht auch die Art und Weise, wie die Spezialisten mit der täglichen Konfrontation mit Schrecken und Gewalt umgehen mussten, damit sie emotional nicht zu stark belastet wurden.

An diesem Tatort war jedoch alles anders. Jeder machte konzentriert seine Arbeit. Wenn gesprochen wurde, dann nur im Flüsterton. Steiner schätzte, dass sich ein gutes Dutzend Personen hier aufhielten, alle in Schutzanzügen.

Eine dieser verhüllten Gestalten ragte aus allen anderen heraus. Sie bewegte sich, als würde sie auf Stelzen gehen. Der hagere Körperbau war trotz des Schutzanzugs erkennbar. Es war Rolf Amberg, der Chef der kriminaltechnischen Abteilung. Obwohl er über ein Team von erstklassigen Spezialisten verfügte, war er bei schwierigeren Fällen immer selbst am Tatort anwesend und gab mit seiner ruhigen, tiefen Stimme Anweisungen.

Steiner trat zu ihm hin und fragte: «Was ist hier geschehen?» Obwohl er einen Meter neunzig gross war, musste er zu Amberg aufblicken.

Ambergs Mundschutz bewegte sich leicht, während er sprach. «Ich habe schon so einiges gesehen in den vielen Jahren, das kannst du mir glauben.» Er machte eine Pause, als müsste er zuerst Luft holen, bevor er weitersprach. «Aber das hier geht mir ziemlich an die Nieren.»

«Wo?», fragte Steiner nur.

Amberg drehte sich um und ging voraus. Sie betraten ein Zimmer, in dem Poster von Tieren und von Disney-Figuren an den Wänden hingen.

Steiner hatte erwartet, dass er zuerst den Geruch des Todes wahrnehmen würde, den süsslichen, metallischen Geruch von frischem Blut. Doch dann wurde ihm bewusst, dass er eine Schutzmaske über Mund und Nase trug. Er hörte seine eigenen hastigen Atemzüge und spürte seinen schnellen Herzschlag.

Als Amberg zur Seite trat und die Sicht freigab, hielt Steiner kurz den Atem an.

Die Gesichter der beiden Kinder waren nicht mehr zu erkennen, die blau gestrichenen Wände neben den Bettchen und die Decke waren mit Blutspritzern übersät.

Steiners Magen verkrampfte sich. Steiner hatte schon viele Opfer von Gewaltverbrechen gesehen, doch das Bild, das sich ihm bot, schockierte ihn zutiefst.

Er beobachtete das stumme Treiben.

Fingerabdrücke wurden mit Russpulver eingestäubt und mit Klebefolie abgezogen, Textilfasern, Haare und andere Mikrospuren mit Klebeband sichergestellt und etikettiert, Fotos von der Gesamtperspektive und von Einzelheiten geschossen.

Alles geschah auf die übliche, routinierte Weise. Und doch hatte Steiner den Eindruck, als würde alles vorsichtiger als sonst angegangen, jeder Handgriff sorgfältiger, jede Bewegung sachter als üblich durchgeführt.

Amberg trat wieder zu Steiner.

Steiner räusperte sich kurz, bevor er fragte: «Wo sind die Eltern?»

«Bis jetzt haben wir keine Spur von ihnen», entgegnete Amberg. «Aber die Beantwortung dieser Frage gehört eigentlich in dein Aufgabengebiet, nicht wahr?»

«Habt ihr schon den Rest des Hauses und den Garten untersucht?»

Amberg schüttelte den Kopf. «Lass uns zuerst einmal die Untersuchungen hier oben abschliessen.»

«Gut.» Steiner atmete tief durch. «Dann konzentrieren wir uns zuerst auf die beiden Kinder.»

Amberg deutete auf den Boden. «Vermutlich die Tatwaffe.»

Auf dem Teppich neben einem gelben Kunststoffdreieck mit der Nummer sieben lag ein Hammer. Man konnte deutlich rotbraune Blutspuren daran erkennen.

Steiner verzog das Gesicht und wandte sich zu Amberg. «Du meinst, die beiden Kinder wurden damit ...»

Amberg nickte.

Steiner starrte auf den Hammer. «Der Täter hat die Tatwaffe hier liegen lassen?»

«Vielleicht wurde er überrascht und ist in Panik geraten.»

«Oder es war ihm einfach egal, dass er Spuren hinterlassen würde», meinte Steiner. Er wandte sich nun an eine Person, die gerade eine der beiden Kinderleichen untersuchte. «Hallo, Doktor.»

Der Mann drehte sich kurz um. Er trug ebenfalls einen Schutz vor Mund und Nase. Nur die dunklen, lebhaften Augen hinter einer rahmenlosen Brille waren zu sehen. «Herr Steiner», erwiderte er. «So sieht man sich wieder. Leider immer zu relativ unerfreulichen Gelegenheiten.»

Doktor Hartmut Brandstätter arbeitete bereits seit einigen Jahren beim Institut für Rechtsmedizin. Steiner hatte am Anfang seine liebe Mühe mit ihm. Brandstätter stammte aus Stuttgart und sein geschliffenes Hochdeutsch sowie seine etwas forsche Art waren nicht gerade die optimale Grundlage für eine kollegiale Zusammenarbeit gewesen. Aber mit der Zeit hatte Steiner erkannt, dass diese Eigenart nicht gespielt war, sondern einfach zu ihm gehörte. Er hatte sogar festgestellt, dass Brandstätter über einen wenn auch trockenen, so doch ausgeprägten Humor verfügte. Einmal mussten sie beide während einer Obduktion über einen seiner Witze so laut lachen, dass ein anderer Arzt erstaunt in den Autopsiesaal hereinschaute.

«Was können Sie über die Todesursache sagen?»

«Die immer wiederkehrende Standardfrage», entgegnete der Rechtsmediziner. Er richtete sich auf und streckte seinen Rücken. «Die Tatwaffe ist mit grösster Wahrscheinlichkeit der Hammer. Der Täter muss ziemlich kräftig gewesen sein. Die Schläge müssen mit grosser Wucht von oben erfolgt sein.» Brandstätter simulierte mit erhobener Hand die Bewegung nach unten. «Wie viele Schläge tatsächlich ausgeführt worden sind, kann ich erst nach Sichtung der Röntgenaufnahmen sagen.»

«Was können Sie zum Todeszeitpunkt sagen?»

«Ich bin noch nicht mit allen Messungen fertig, aber aufgrund der gemessenen Rektaltemperatur, der Ausbildung der Hypostase und des Stadiums der Totenstarre würde ich von sechs bis acht Stunden ausgehen.»

Steiner sah auf seine Armbanduhr. «Das heisst, dass die Morde zwischen ein und drei Uhr nachts erfolgt sind.»

Brandstätter nickte. «Das könnte etwa hinkommen. Sie werden meinen schriftlichen Bericht erhalten.»

«Gut. Danke für den Zwischenbericht.»

Steiner wollte sich an Amberg wenden, dieser war jedoch aus dem Zimmer verschwunden. Er trat auf den Korridor hinaus und fand ihn im Badezimmer. Dort gab er zwei Kriminaltechnikern Anweisungen.

«Habt ihr weitere Spuren gefunden?»

Amberg wischte sich mit einem Papiertuch über die Stirn und warf es in einen Abfallbeutel. «Wir haben blutige Fussspuren. Der Täter war barfuss. Grösse 42. Vermutlich ein Mann.»

«Barfuss? Der Vater?»

«Wäre möglich. Die Männerschuhe, die wir im Schrank gefunden haben, sind auch Grösse 42.»

«Habt ihr Fingerabdrücke der Eltern?»

«Wir nehmen Fingerabdrücke vom Spiegelschrank, von der Haarbürste, vom Rasierapparat, vom Zahnputzglas. Die können wir dann mit den Abdrücken auf der Tatwaffe vergleichen.»

«Ihr habt an der Tatwaffe Fingerabdrücke gefunden?»

Amberg nickte. «Der Hammer ist voll davon.»

3

Steiner setzte sich in seinen Wagen. Er schloss die Augen und lehnte sich zurück. Was für ein Drama hatte sich in diesem Haus abgespielt?

Er erinnerte sich an den Metzgermeister, der seine Frau und seine Tochter mit einem Fleischermesser getötet hatte. Der Mann hatte sein Geschäft schliessen müssen, weil er die Schulden nicht mehr zurückzahlen konnte; die Bank war nicht mehr bereit, ihm eine Fristverlängerung des Kredits einzuräumen. Er richtete sich mit einem Bolzenschussapparat selbst, kurz bevor die Polizei ins Haus eindrang.

Das Klingeln des Handys riss ihn aus seinen Gedanken.

«Mellinger war gerade bei mir.» Die Stimme von Lara Binelli, seiner Dienstkollegin, klang nervös. «Er hat mir berichtet, was geschehen ist. Soll ich zum Tatort kommen?»

«Ich bin schon auf dem Rückweg. Warte auf mich.»

«Ist es wirklich wahr?» Ihre Stimme schien einen Moment zu stocken. «Die Opfer sind zwei kleine Kinder?»

«Ja. Vierjährige Knaben. Zwillinge.»

«Um Gottes willen.» Einen Moment war Stille. «Wo sind die Eltern?»

«Wir müssen sie finden. Ruth und Martin Engler.»

«Glaubst du denn, dass sie etwas mit den Morden zu tun haben?»

«Ich weiss nicht, was ich glauben soll. Wir können nichts ausschliessen.»

Sie seufzte, dann sagte sie: «Ich muss dir noch etwas von Mellinger ausrichten. Willst du es hören?»

«Wenn es unbedingt sein muss.»

«Du sollst sofort zu ihm kommen, wenn du mit den Untersuchungen am Tatort fertig bist. Er will die nächsten Ermittlungsschritte mit dir besprechen.»

«Vielen Dank, ich nehm's zur Kenntnis. Er braucht nicht zu wissen, dass ich hier schon fertig bin, klar?»

«Okay.»

Steiner drückte mit einer ärgerlichen Bewegung die Taste seines Handys und steckte es wieder ins Jackett. Er hatte mit seinem Chef schon des Öfteren Meinungsverschiedenheiten gehabt.

Steiner steckte den Zündschlüssel ins Schloss, doch dann zögerte er einen Moment. Der Vorfall vom letzten Winter sass ihm noch immer in den Gliedern. Beinahe wäre er bei einem Bombenanschlag in seinem Auto getötet worden. Eine defekte Batterie hatte ihm das Leben gerettet – und einem Mitarbeiter der Pannenhilfe das Leben gekostet. Er fühlte sich verantwortlich für den Tod des Mannes. Fast jedes Mal, wenn er den Motor anlassen wollte, tauchten diese Bilder vor seinem inneren Auge auf. Die grellen Flammen, die aus seinem Volvo schossen, und der Mann, der neben dem Wagen kniete und wie eine Fackel brannte.

Steiner kniff die Augen zusammen und drehte mit einer entschlossenen Bewegung den Zündschlüssel. Der Motor seines neuen Volvos sprang mit einem gutmütigen Brummen an. Der Wagen war zwar nicht fabrikneu und er hatte nicht die Farbe, die Steiner sich vorgestellt hatte, aber es war ein gutes Angebot seines Garagisten gewesen. Und an die weinrote Lackierung hatte er sich mittlerweile auch gewöhnt.

Als Steiner das abgesperrte Grundstück passierte, bemerkte er die schwarzen Leichenwagen, die rückwärts in der Einfahrt standen.

Zwei grosse Autos für zwei kleine Leichen, dachte er.

Ein Fernsehteam hatte sich bereits vor der Absperrung aufgestellt. Steiner konnte auf einem Fahrzeug die Aufschrift «TeleZüri» lesen. Er überlegte, wer wohl schneller da gewesen war, die Reporter oder die Leichenwagen. Am Abend würde bereits die ganze Schweiz über die Tragödie informiert sein.

Steiner machte Halt bei einem Restaurant und setzte sich auf der Gartenterrasse unter einen Sonnenschirm. Nur wenige Tische waren besetzt. Er zog sein Jackett aus und hängte es über die Stuhllehne. Dann schaltete er das Handy aus. Wenigstens für ein paar Minuten wollte er ungestört sein. Das war ein Luxus, den er sich nur selten leisten konnte. Er lockerte seinen Krawattenknoten und beobachtete einen Spatz, der auf dem Tisch nebenan nach Brotkrumen pickte. Als die Bedienung kam, bestellte er einen Kaffee und einen Gipfel.

Ich darf nicht emotional an den Fall herangehen, dachte er. Ich muss ihn neutral und aus Distanz betrachten. Nur so bin ich in der Lage, die Übersicht zu behalten und die Ermittlungen ohne Vorurteil voranzutreiben.

«Mellinger will die nächsten Ermittlungsschritte mit dir besprechen.» Laras Worte hallten noch in seinem Ohr. Er spürte einen matten Druck in der Magengegend. Den spürte er immer vor einem Besprechungstermin mit Mellinger.

15

Steiner empfand eine Abneigung gegen diesen Mann. Dieser hatte nur seine eigene Karriere im Kopf und versuchte alles zu verhindern, was seiner Laufbahn im Wege stehen könnte. Mellinger hatte eine Heidenangst davor, dass jemand aus seiner Abteilung einen Fehler begehen könnte, der auf ihn zurückfiel. Deshalb glaubte er, bei wichtigen Ermittlungen selbst eingreifen und entscheiden zu müssen.

Der Druck im Magen wurde noch stärker, als Steiner an die Geldwäschereiaffäre bei der Swiss Commerce Bank vor einem halben Jahr zurückdachte. Er hatte auf eigene Faust ein Mitglied der Russenmafia bei einer fingierten Geldübergabe gestellt und verhaftet. Beim Verhör liess er sich vom Verhafteten provozieren und griff ihn tätlich an. Deshalb war er von Mellinger für einige Tage vom Dienst suspendiert worden.

Steiner trank den Kaffee aus und bezahlte. Vom Gipfel liess er die Hälfte liegen. Kaum hatte er sich von seinem Tisch entfernt, sah er, wie sich zwei Spatzen um den Gipfel stritten.

Als Steiner sein Büro im fünften Stock des Kripo-Gebäudes an der Zeughausstrasse 11 betrat, hatte ihn der Alltag bereits wieder eingeholt.

«Ich konnte dich nicht erreichen. Hattest du das Handy nicht eingeschaltet?»

Lara Binelli arbeitete seit einem halben Jahr mit Steiner zusammen. Obwohl er am Anfang ihr gegenüber wegen ihrer fehlenden Erfahrung als Kriminalistin Vorbehalte gehabt hatte, hatte er seine Meinung bald ändern müssen. Lara war ehrgeizig und brachte durch ihre manchmal unkonventionelle Denkweise einen anderen, wertvollen Blickwinkel in die Ermittlungen ein. Zudem kannte sie sich gut mit modernen Technologien wie Computer und Internet aus. Lara war eine ideale Ergänzung in ihrem Ermittlerduo.

Steiner musste oft an jenen Tag denken, als er bei der Ermittlung zur Geldwäschereiaffäre das Versteck der Russenmafia aufgespürt hatte. Er geriet in einen Hinterhalt und wurde überwältigt. Man führte ihn in ein Wäldchen, wo er niederknien musste. Dimitri hielt ihm den Lauf der Pistole mit dem Schalldämpfer an den Kopf. Ein Schuss fiel und Dimitri ging zu Boden. Lara hatte Steiner das Leben gerettet.

«Ich musste ein paar ruhige Minuten für mich haben», erklärte er. «Darum habe ich das Handy ausgeschaltet.»

Lara sah ihn mit ihren haselnussbraunen Augen verständnisvoll an. «Du meinst Ruhe vor Mellinger. Er war schon zweimal hier.»

Steiner runzelte die Stirn, hängte sein Jackett an den Garderobenständer, krempelte die Ärmel hoch und liess sich in den Stuhl hinter seinem Schreibtisch fallen.

Lara erhob sich von ihrem Platz und kam zu ihm herüber. Sie setzte sich auf die Schreibtischkante, was sie stets tat, wenn sie etwas ganz Bestimmtes von ihm wollte. Sie trug wie immer eine enge Jeans und dazu ein weisses Top. Ihre schwarzen Haare und die auch im Winter gebräunte Haut verrieten ihre südländische Herkunft. Steiner fragte sich manchmal, ob sie im Solarium bei der Bräunung etwas nachhalf. Er wusste, dass seine Kollegin regelmässig ins Fitnesstraining ging.

«Und jetzt erzähl mir, was passiert ist», sagte sie. «Und warum du nicht wolltest, dass ich zum Tatort komme.»

Steiner liess geräuschvoll die Luft entweichen. «Der Anblick der beiden toten Kinder ist mir ziemlich eingefahren. Und ich habe doch schon so einiges gesehen.»

Lara zog die Augenbrauen zusammen. «Und du meinst, dass ich das nicht verkraftet hätte?»

«Ein Mann musste sich vor meinen Füssen übergeben.»

Sie schnaubte. «Ihr Männer seid doch alle gleich. Ihr meint, dass wir Frauen weniger vertragen können. Dabei möchte ich mal sehen, wie sich ein Mann aufführen würde, wenn er ein Kind zur Welt bringen müsste.»

Steiner versuchte gerade, eine passende Antwort zu finden, als das Telefon auf seinem Schreibtisch klingelte.

«Das ist bestimmt Mellinger», meinte Lara.

«Ich bin nicht da», entgegnete Steiner und bedachte Lara mit einem flehenden Blick.

Lara nahm mit einer offensichtlich widerstrebenden Bewegung den Hörer ab und meldete sich. «Er ist noch nicht da», sagte sie in den Hörer und blickte dabei Steiner ernst an. Dann nickte sie und sagte: «Okay, ich werde es ihm ausrichten.» Sie legte den Hörer auf. «Ich habe gerade für dich gelogen. Und das war übrigens nicht das erste Mal.»

«Was wollte er?»

«Er habe dich mehrmals auf dem Handy zu erreichen versucht. Heute Nachmittag um zwei Uhr findet eine Besprechung bei der Staatsanwaltschaft statt.» Sie beugte sich etwas zu ihm vor: «Bei deiner hübschen Staatsanwältin.»

Steiner ignorierte ihre letzte Bemerkung.

«Was sind nun die nächsten Schritte?», wollte Lara wissen.

«Wie ich dir schon gesagt habe, sind die Eltern unauffindbar.»

«Dann werde ich bei den Grosseltern anfangen.»

«Gute Idee. Das wollte ich dir auch vorschlagen.»

«Sind sie schon über die Tragödie informiert worden?»

Steiner schüttelte den Kopf. «Nein, das musst du jetzt übernehmen.»

Lara seufzte. «Das wird nicht einfach werden.»

«Das ist es nie.»

Lara setzte sich wieder an ihren Platz. «Können Eltern so etwas tun?» Sie sagte es mehr zu sich selbst.

«Wir wissen noch nicht, ob sie es tatsächlich waren. Es ist nur eine Möglichkeit. Aber die bisherigen Indizien deuten darauf hin.»

Lara blickte zum Fenster hinaus und schüttelte den Kopf. «Ich verstehe das nicht. In Italien sind die Bambini der grösste Stolz jeder Familie. Sie kommen immer an erster Stelle. Mein Vater hat mir und meinen Geschwistern alles geschenkt, was wir uns gewünscht haben. Obwohl er uns sehr streng erzogen hat. Noch heute ist er stolz auf uns. Und das betont er bei jeder Gelegenheit. ‹Meine Tochter sorgt für Recht und Ordnung in diesem Land›, sagt er oft zu anderen Leuten. Es ist mir manchmal fast peinlich.» Sie sah wieder zu Steiner hinüber. «Was muss geschehen, dass Eltern ihre Kinder töten?»

Steiner stand auf und zog sein Jackett an. «Genau das müssen wir herausfinden», entgegnete er, bevor er die Tür hinter sich schloss.

4

«Herr Steiner. Schön, Sie wieder mal zu sehen», begrüsste Silvia Goldschmid ihn.

«Ich bin etwas zu früh», entschuldigte sich Steiner. «Aber ich dachte, wir hätten noch Zeit für einen Kaffee.»

Die Staatsanwältin schmunzelte. «Treten Sie bitte ein.» Sie wandte sich um und ging zu ihrem Schreibtisch.

Steiner warf verstohlen einen Blick auf ihr enges Kostüm, das ihre schlanke Taille betonte, und die eleganten Schuhe mit den hohen Absätzen.

Sie setzte sich hinter ihren Schreibtisch und bedeutete ihm, sich ebenfalls zu setzen. «Der Kaffee kommt sofort.»

Mit diesen Worten nahm sie den Hörer und gab die Bestellung durch.

Steiner setzte sich in einen der beiden Ledersessel vor ihrem Schreibtisch.

«Das ist ja eine schreckliche Sache», begann sie. «Ich war heute Morgen am Tatort und habe mit Herrn Hasler gesprochen. Sie haben den Fall von ihm übernommen, habe ich gehört.»

Steiner nickte und schlug ein Bein über das andere. Er fühlte sich nicht besonders wohl, weil er tiefer unten sass als die Staatsanwältin. «Es waren bereits Reporter am Tatort. Heute Abend weiss es das ganze Land. Das wird uns zusätzlich unter Druck setzen. Die Öffentlichkeit wird so schnell wie möglich die Täter in Gewahrsam sehen wollen.»

Silvia Goldschmid runzelte die Stirn. «Sie sprechen im Plural? Glauben Sie denn, dass es mehrere waren?»

Es klopfte an der Tür. Eine ältere Dame brachte ein Tablett herein und stellte es auf den Schreibtisch.

«Ohne Rahm, ohne Zucker, richtig?», sagte die Staatsanwältin.

«Sie haben ein beachtliches Gedächtnis», lobte Steiner. Er sah ihr zu, wie sie mit ihren perfekt manikürten Händen den Kaffee einschenkte. Die Fingernägel waren karminrot lackiert und Steiner bemerkte einen goldenen Ring mit einem kleinen Brillanten an ihrem linken Ringfinger, der ihm noch nie aufgefallen war. Ein eigenartiges Gefühl von Eifersucht ergriff ihn und irritierte ihn gleichzeitig.

«Sie wollten mir erklären, warum Sie nicht von *einem* Täter ausgehen», sagte sie.

Steiner wurde bewusst, dass er auf ihre Hände gestarrt hatte, und spürte, wie er errötete. «Ähm, ja. Die Eltern sind bisher unauffindbar. Es sieht nach einem Familiendrama aus. Wir sind gerade daran, die Fingerabdrücke zu überprüfen und zu vergleichen.» Er nahm einen Schluck aus der

Tasse. Der Kaffee war ausgezeichnet und er verwünschte den alten Kaffeeautomaten in seiner Abteilung.

«Ich habe die blutigen Fussabdrücke gesehen», sagte sie.

«Der Täter war barfuss», bestätigte Steiner. «Er hat am Tatort die Tatwaffe, einen Hammer, zurückgelassen. Der war voll von Fingerabdrücken.»

Silvia Goldschmid lehnte sich im Sessel zurück. Ihr Gesicht hatte einen Ausdruck von Abscheu angenommen. «Ein schreckliches Verbrechen», sagte sie. «Aber weshalb kommen Sie bereits in dieser frühen Phase der Ermittlungen zu mir?»

Steiner zuckte mit den Schultern «Das müssen Sie meinen Chef fragen. Er hat diese Besprechung veranlasst.»

Sie schmunzelte. «Könnte es sein, dass er befürchtet, etwas zu verpassen?»

Steiner schmunzelte ebenfalls. «Da könnten Sie durchaus recht haben. Zum Beispiel den exzellenten Kaffee bei der Staatsanwaltschaft.»

Die Staatsanwältin musste laut lachen.

In diesem Moment klopfte es an der Tür.

«Ja, bitte», rief sie.

Mellinger öffnete die Tür. «Entschuldigen Sie bitte die Verspätung.» Er trat ein und reichte Silvia Goldschmid die Hand, nicht aber Steiner.

Steiner bemerkte den Geruch von Zigarettenrauch, der diesen Mann begleitete wie ein Schatten.

«Bitte nehmen Sie Platz, Herr Mellinger», bot Silvia Goldschmid an. «Möchten Sie eine Tasse Kaffee?»

Mellinger warf Steiner einen vorwurfsvollen Blick zu. «Nein, danke», sagte er und setzte sich neben Steiner in den anderen Ledersessel.

«Also», begann die Staatsanwältin. «Herr Mellinger, Sie haben um diesen Besprechungstermin gebeten. Darf ich Ihnen das Wort übergeben?»

Mellinger räusperte sich kurz und versuchte, eine höhere Sitzposition in seinem Sessel einzunehmen. «Es handelt sich hier um ein Verbrechen der schlimmsten Kategorie. Zwei Kinder wurden auf bestialische Weise ermordet. Die Medien sind bereits hinter dem Fall her wie ein Rudel hungriger Wölfe.»

Jetzt war Steiner klar, worum es Mellinger ging. Dieser sah die Chance, sich aufgrund der hohen Medienwirksamkeit des Falles zu profilieren.

«Die Öffentlichkeit wird eine schnelle und reibungslose Aufklärung dieses Verbrechens erwarten», fuhr Mellinger fort. «Und deshalb erfordert dieser Fall ein professionelles und zielgerichtetes Ermittlungsvorgehen.»

«Nun gut», unterbrach ihn die Staatsanwältin. «Und was für ein Vorgehen schlagen Sie also vor?»

«Die Eltern der beiden Opfer sind spurlos verschwunden. Wenn man die bisher vorliegenden Indizien betrachtet, ist es wahrscheinlich, dass sie die Täter waren.»

Jetzt meldete sich Steiner zu Wort. «Wir haben erst vor ein paar Stunden mit der Untersuchung begonnen. Die Spuren am Tatort sind noch nicht genügend ausgewertet worden.»

Mellingers Stimme wurde nun lauter. «Wir können nicht warten, bis sich die Eltern abgesetzt haben und über alle Berge verschwunden sind. Wir müssen sofort handeln. Ich will, dass wir umgehend eine Fahndung nach ihnen einleiten.»

Steiner schüttelte den Kopf. «Wir müssen zuerst abklären, ob es sich nicht um eine geplante Abwesenheit der Eltern handelt. Vielleicht sind sie für einen Tag verreist. Meine Kollegin nimmt bereits mit den Grosseltern Kontakt auf.»

Mellinger schnaubte. «Und die kleinen Kinder lassen sie einfach allein?»

«Da haben sie gewiss recht», warf Silvia Goldschmid ein. «Die Situation ist ungewöhnlich. Vierjährige Kinder lässt man nicht einfach allein zuhause.»

«Ich stimme Ihnen beiden zu», sagte Steiner. «Was ich meine, ist nur, dass wir noch einen Tag mit der Fahndung warten sollten. Mindestens so lange, bis wir die Fingerabdrücke, die wir auf dem Hammer gefunden haben, vergleichen konnten.» Er beugte sich zur Staatsanwältin vor. «Stellen Sie sich vor, wenn es eine logische Erklärung für den Verbleib der Eltern gibt.»

«Dieses Risiko müssen wir eingehen», entgegnete Mellinger. «Der Fall ist zu brisant, als dass wir uns auch nur den geringsten Fehler leisten können.»

«Meine Herren», versuchte Silvia Goldschmid zu vermitteln. «Ich muss gestehen, dass ich für die Argumente von Ihnen beiden Verständnis habe. Unter den gegebenen Umständen jedoch würde ich das Risiko eingehen, auch wenn sich im Nachhinein herausstellen sollte, dass es eine Erklärung für die Abwesenheit der Eltern gibt. Die Aufklärung der Tat hat in meinen Augen Priorität.»

«Also gut», stimmte Steiner schliesslich zu. «Ich werde noch heute die RIPOL-Fahndung einleiten und morgen Abend veranlassen wir einen Aufruf im Fernsehen.»

Die beiden anderen nickten.

Silvia Goldschmid erhob sich, zum Zeichen, dass die Besprechung beendet sei. «Bitte halten Sie mich auf dem Laufenden.»

Draussen vor der Tür sagte Steiner zu Mellinger, er müsse noch die Toilette aufsuchen. In Wahrheit hatte er keine Lust, mit ihm zusammen zum Kripo-Gebäude zurückzugehen.

Steiner ging über den Stauffacherplatz bis zur Sihl, wo er dem Uferweg folgte. Diesen Weg ging er regelmässig, um abzuschalten oder seinen Gedanken freien Lauf zu lassen. Die Sonne brannte unbarmherzig herab und er war froh, als er die Schatten spendenden Bäume der Promenade erreicht hatte.

Er blieb stehen, lehnte sich über die Brüstung und blickte zum Fluss hinunter. Die Sihl führte nur wenig Wasser. Ein Entenpärchen schwamm hastig auf die andere Seite, als es Steiner erblickte. Der Kopf des Männchens schillerte blaugrün in der Sonne.

Steiner kamen Zweifel. Vielleicht war es die richtige Entscheidung, sofort eine Fahndung nach den Eltern einzuleiten. War es möglich, dass er sich irrte? Sein Instinkt hatte ihn bisher nur selten im Stich gelassen. Vielleicht wollte er sich einfach nicht eingestehen, dass Eltern zu so einer Tat fähig waren. Liess er sich am Ende von seinen Gefühlen leiten, wo doch sachliche Routine und logischer Verstand gefordert waren? Er versuchte, alle seine Gedanken zu ordnen, aber es gelang ihm nicht.

Lara arbeitete am Computer, als Steiner das Büro betrat.

«Du musst noch heute für Martin und Ruth Engler eine Fahndung im RIPOL ausschreiben», sagte er.

«Okay, ich werde es sofort veranlassen.» Lara sah sichtlich mitgenommen aus.

«Wie war es bei den Grosseltern?», fragte er.

Lara sah ihn mit ernstem Blick an. «Es war nicht einfach», sagte sie. «Ich habe mir Mühe gegeben, ihnen die schlechte Nachricht möglichst schonend beizubringen. Aber die Frau ist zusammengebrochen. Ihr Mann musste sie stützen und zum Sofa führen.» Laras Augen wurden feucht.

Steiner trat zu ihr hin und legte die Hand auf ihre Schulter. «Das ist eine der schwierigsten Aufgaben in unserem Beruf.»

Lara blickte zu ihm auf. «Die Frau war nicht mehr in der Lage, irgendeine Frage zu beantworten. Das heisst, ich habe es schon gar nicht mehr versucht. Ich fragte, ob ich einen Arzt kommen lassen solle, aber ihr Mann wollte es nicht.»

«Das hast du gut gemacht», lobte Steiner.

«Den Mann konnte ich fragen, ob er wisse, wo die Eltern seien. Er wusste es nicht. Ich habe nichts davon erwähnt, dass wir den Vater verdächtigen.»

5

Als Steiner die Wohnungstür aufschliessen wollte, blieb er überrascht stehen. Die Tür öffnete sich von innen und seine Tochter Nina erschien. Sie trug ein T-Shirt mit schmalen Trägern und ein kurzes Röckchen. Zu kurz nach den Regeln, die er bei seiner Tochter anzuwenden pflegte.

«Hallo Papa», begrüsste sie ihn. «Wir gehen ins Pub und sind vor zwölf wieder zurück. Ist alles bereits mit Mama abgesprochen.»

Auf wen sich das «Wir» bezog, eröffnete sich ihm augenblicklich. Denn seiner Tochter folgte ein junger Bursche mit blond gelockten Haaren und Pickeln im Gesicht, der Steiners Blick nervös auswich und an ihm vorbeihuschte.

Steiner blieb verblüfft stehen und sah den beiden nach, bis sie das Treppenhaus hinuntergeeilt und verschwunden waren.

Erika stand in der Küche und war damit beschäftigt, den Geschirrspüler einzuräumen.

Steiner zeigte mit dem Finger auf die Wohnungstür. «Da ist gerade ein Bursche aus unserer Wohnung gekommen.»

Erika sah kurz auf. «Das ist Sven», erklärte sie.

Steiner sah sie erstaunt an. «Sven ... und wie noch?»

Sie zuckte mit den Schultern. «Na, einfach Sven. Er ist eine Klasse über Nina.»

«Danke für deine ausführlichen Auskünfte. Jetzt weiss ich alles über ihn.»

Erika schloss mit einem eleganten Hüftschwung die Tür der Spülmaschine, warf das Geschirrtuch über die Schulter und kam auf Steiner zu. Sie gab ihm einen dicken Kuss auf die Wange. «Willkommen zu Hause, mein Schatz.»

«Wie lange kennt Nina diesen Sven schon?», fragte er.

«Das weiss ich auch nicht genau, vielleicht eine Woche? Das Abendessen ist in fünf Minuten aufgewärmt.»

Steiner ging unter die Dusche. Als er in einer leichten Hose und einem T-Shirt ins Esszimmer trat, stand das Essen bereits auf dem Tisch.

Erika sass mit einem Glas Mineralwasser auf ihrem Platz. «Nina ist sechzehn, da ist es normal, dass sie mal mit einem Jungen ausgeht.»

Steiner setzte sich ihr gegenüber hin. Die Tortellini schmeckten vorzüglich und sein Ärger legte sich allmählich. «Ich will wenigstens wissen, mit wem unsere Tochter ausgeht», erklärte er.

«Sei nicht so streng», entgegnete Erika. «Er ist ein anständiger Junge, ich habe kurz mit ihm gesprochen.»

Steiner schenkte sich Mineralwasser ein. «So, du kannst also beurteilen, ob er anständig ist, nur weil du kurz mit ihm gesprochen hast?»

Sie schmunzelte. «Mütterlicher Instinkt.»

Steiner nahm einen Schluck aus seinem Glas. «Na, dann hoffen wir, dass dein Instinkt besser ist als meiner.»

Sie sah ihn fragend an. «Wie meinst du das?»

«Ach nichts, war nur so dahingesagt.»

Erikas Miene wurde ernst. «Im Fernsehen kam ein Beitrag über den Mord an zwei kleinen Kindern. Warst du am Tatort?»

Steiner nickte und lehnte sich zurück.

«Entschuldige», sagte sie. «Ich wollte dir nicht den Appetit verderben.»

«Ist schon gut. Ich habe sowieso keinen grossen Hunger.» Er schenkte sich nochmals Mineralwasser ein. «Was haben die im Fernsehen denn gesagt?»

«Man sah, wie die Särge in zwei Leichenwagen geladen wurden und wie die Wagen wegfuhren. Ein Polizist vom Mediendienst gab ein kurzes Interview. Er informierte, dass man nach den Eltern suche, konnte aber noch nichts über die Täter sagen. Der Reporter vermutete, dass die Eltern selbst die Täter sein könnten. Ist das wahr?»

Steiner seufzte. «Das wissen wir noch nicht. Wir wissen im Moment nicht, wo die Eltern sind.»

Erika betrachtete ihren Mann nachdenklich. «Es ist entsetzlich. Ich kann mir nicht vorstellen, dass Eltern zu so etwas fähig sind. Glaubst du denn, dass sie es waren?»

Steiner stützte den Kopf in seine Handfläche. «Das ist ja das Problem. Meistens konnte ich mich auf meinen Instinkt verlassen. In diesem Fall bin ich hin- und hergerissen.»

Steiner war ein Frühaufsteher, ganz im Gegensatz zu seiner Dienstkollegin. Umso mehr war er erstaunt, als er das Büro betrat. Lara sass bereits an ihrem Arbeitsplatz. Er schaute spontan auf seine Armbanduhr. Doch die Uhr ging richtig. Es war kurz nach sieben.

«Was hat dich denn in aller Herrgottsfrühe hierher verschlagen?», fragte er.

Lara wandte sich zu ihm um. Trotz der Bräune ihres Teints waren um ihre Augen dunkle Ränder zu erkennen. «Ich habe schlecht geschlafen und war schon früh wach.»

«Das trifft sich gut», meinte er. «Wir haben heute viel zu tun.» Er setzte sich an seinen Schreibtisch und startete den

Computer. «Gibt es schon Ergebnisse zu unserer RIPOL-Fahndung?», fragte er.

Lara schüttelte den Kopf. «Leider nichts Neues. Ich werde heute nochmals zu den Grosseltern gehen.»

«Da werde ich mitkommen», erklärte Steiner. «Vereinbare einen Termin für den Nachmittag. Du könntest auch Kontakt mit den Grosseltern väterlicherseits aufnehmen.»

«Das habe ich gestern schon versucht, ich konnte sie jedoch unter ihrer Telefonnummer nicht erreichen. Ich werde es heute nochmals versuchen.»

«Gut.» Steiner ging seine Mailbox durch. Er fand ein Aufgebot zu einer Schiessübung mit der neuen Dienstwaffe. Vor kurzem waren alle bewaffneten Einheiten bei der Kantonspolizei Zürich von der SIG Sauer auf die Heckler & Koch umgerüstet worden.

«Wie war eigentlich die Besprechung gestern mit Mellinger und der Staatsanwältin?», fragte Lara.

Steiner fiel auf, dass sie nicht «deine» Staatsanwältin sagte, was er so interpretierte, dass sie heute nicht zu Scherzen aufgelegt war. Er stand auf und ging zu ihr hinüber. «Wir müssen dafür sorgen, dass die Fahndung heute Abend im Fernsehen ausgestrahlt wird.»

«Ist das nicht etwas früh? Wir konnten ja noch nicht einmal mit den Eltern von Martin Engler sprechen.»

«Vielleicht hast du recht. Aber es wurde so entschieden.»

«Auf welchen Sendern soll der Aufruf ausgestrahlt werden?»

«Nimm mit dem Mediendienst Kontakt auf. Alles muss so vorbereitet sein, dass der Aufruf heute Abend vor den Hauptnachrichten im SF 1 gesendet werden kann. Auch die Privatsender sollen berücksichtigt werden. Vor allem Tele-Züri.»

«Soll eine Belohnung für Hinweise ausgeschrieben werden?»

«Dafür gibt es die Belohnungskasse. Das musst du mit Mellinger absprechen. Er will die Fahndung und er soll das entscheiden.»

«Okay, ich kümmere mich darum.»

«Und ich frage bei den Kriminaltechnikern nach, ob es Neuigkeiten gibt.»

Es klopfte, die Tür wurde geöffnet und Rolf Amberg trat ein.

«Wenn man vom Teufel spricht … Gerade wollte ich dich anrufen», sagte Steiner.

Amberg setzte sich in den Besucherstuhl vor Steiners Schreibtisch und versuchte, seine langen Beine seitlich auszustrecken. «Bezeichne du mich nicht auch noch als Teufel», sagte er. «Es genügt, dass man unsere Arbeit als Hexerei betitelt.»

Steiner musste lachen. «Was verschafft mir die Ehre?»

«Ich wollte dich persönlich über die ersten Ergebnisse informieren. Den schriftlichen Bericht bekommst du heute Abend.»

«Ihr habt die Fingerabdrücke verglichen?»

Amberg nickte. «Wir haben im Badezimmer Fingerabdrücke von zwei Personen gefunden. Sie stammen wohl von einer Frau und von einem Mann.»

«Die Fingerabdrücke von Ruth und Martin Engler», ergänzte Steiner.

«Davon würde ich mal ausgehen. Von wem sollten sie sonst stammen?» Amberg sah sich im Raum um. «Gibt es hier eigentlich keinen Kaffee?»

«Entschuldige bitte, deine spannende Story hat mich die Gastfreundschaft ganz vergessen lassen.» Steiner sah zu Lara hinüber, doch sie sprach gerade am Telefon.

Er stand auf und ging zur Tür.

«Schwarz mit zwei Stück Zucker», rief ihm Amberg hinterher.

Im Pausenraum stand bereits jemand vor dem Kaffeeautomaten, aber es war zu spät, um umzukehren.

«Steiner, was sollte das gestern bei der Staatsanwältin?», fuhr Mellinger ihn an. «Wollten Sie sich bei einem Kaffeekränzchen etwas einschmeicheln?» Er zog den vollen Becher aus dem Automaten. «Gibt es schon Ergebnisse aus der RIPOL-Fahndung?»

«Bis jetzt noch nicht.»

«Ich hoffe, dass der Aufruf heute Abend im Fernsehen etwas bringt. Jetzt können die Reporter auch mal was für uns tun.»

Steiner liess die Münzen in den Schlitz im Automaten fallen.

Mellinger entfernte sich und rief ihm noch zu: «Ich möchte jeden Tag einen Bericht zu diesem Fall spätestens um siebzehn Uhr auf meinem Schreibtisch.»

Steiner drückte zweimal die Zuckertaste und sah zu, wie der Kaffee in den Becher rann. Der Kaffeeautomat hatte schon dagestanden, als er bei der Kriminalpolizei anfing. Steiner dachte, dass es Zeit wäre, ihn zu ersetzen. Aber er würde wahrscheinlich vorher in Pension gehen …

Als er den Pausenraum verlassen wollte, kam Toni Hasler herein.

«Hallo», sagte Hasler und senkte den Blick. «Übrigens», er räusperte sich verlegen, «es tut mir leid, dass ich am Tatort so …»

«Schon gut», unterbrach ihn Steiner. «Du hast das Richtige getan. Es braucht Mut einzugestehen, dass man einem Fall nicht gewachsen ist.»

Hasler hob den Blick und sah Steiner an. «Aber ich hätte wenigstens länger bleiben können.»

«Auch mir ist der Anblick dort ganz schön an die Nieren gegangen, das kannst du mir glauben.»

Hasler nickte betroffen.

Als Steiner wieder ins Büro trat, sass Amberg in unveränderter Position auf dem Stuhl. Lara war verschwunden.

«Danke», sagte Amberg, als Steiner den Becher vor ihn auf den Schreibtisch stellte. «Die Brühe ist zwar kaum geniessbar, aber sie hält einen wenigstens wach.»

«Also», sagte Steiner, als er sich wieder auf seinen Stuhl gesetzt hatte. «Ihr habt Spuren im Badezimmer sichergestellt und mit jenen auf dem Hammer verglichen. Und? Stimmen sie überein?»

«Was glaubst du? Was sagt dir dein Instinkt?»

«Zum Teufel, Rolf. Treib es nicht auf die Spitze!»

«Du sollst mich nicht mit dem Teufel in einem Atemzug erwähnen! Im Ernst, mich würde interessieren, was dir deine Intuition sagt.»

Steiner lehnte sich zurück und verdrehte die Augen. «Also gut, ich habe in diesem Fall Probleme. Mein Instinkt sagt mir sowohl ja als auch nein. Und jetzt sag mir endlich, was ihr auf dem Hammer gefunden habt.»

Amberg nahm einen langen Schluck aus dem Becher und stellte ihn wieder hin. «Dein Instinkt hat recht. Ja und nein. Ja, die Fingerabdrücke auf dem Hammer stammten von Martin Engler. Und nein, wir haben die Fingerabdrücke seiner Frau nicht gefunden. Auch die Fussspuren stammten von ihm, von der Frau haben wir keine gefunden.»

«Dann wissen wir jetzt, dass Martin Engler seine Kinder getötet hat. Aber wir wissen nicht, welche Rolle seine Frau dabei gespielt hat.»

6

Als Lara ihren roten Toyota in der Einfahrt zum Stehen brachte, war Steiner froh, aussteigen zu können. Lara hatte ihn überredet, mit ihrem Wagen zu fahren.

Steiner streckte seinen Rücken und schaute sich um. Er schätzte, dass das Haus, vor dem sie standen, in den Sechzigerjahren erbaut worden war. Der Garten war üppig bewachsen und hatte einen alten Baumbestand. Das ganze Quartier musste um diese Zeit entstanden sein, denn die Häuser glichen einander von der Architektur her.

Sie folgten einem teilweise mit Moos überwachsenen Gehweg aus Steinplatten, der zum Hauseingang führte.

Lara drückte auf den Klingelknopf.

Sie warteten kurze Zeit, dann sagte Lara: «Hoffentlich haben sie den Termin nicht vergessen.» Sie klingelte nochmals.

Endlich öffnete jemand die Tür. Es war ein Mann Mitte sechzig mit kurzem, ergrautem Haar, der eine schwarze Hornbrille trug.

Lara reichte ihm die Hand. «Guten Tag, Herr Hauser. Entschuldigen Sie, dass wir nochmals stören.» Sie deutete zu Steiner. «Mein Kollege, Herr Steiner.»

«Ja, bitte, kommen Sie herein.» Hauser ging voraus und führte sie ins Wohnzimmer, in dem ein altes Sofa mit abgewetztem Stoff und zwei gleiche Polstersessel standen. In einer Ecke befand sich ein vom Russ geschwärzter Kamin, an der Wand hing eine alte Pendeluhr.

Steiner und Lara setzten sich auf das Sofa.

Hauser nahm ihnen gegenüber auf einem Sessel Platz.

«Meine Frau ist nicht da», entschuldigte sich Hauser. «Sie ist bei unserer Tochter – unserer zweiten Tochter. Sie kümmert sich um meine Frau. Sie ist noch immer in einer schlechten Verfassung.»

«Das tut uns sehr leid», sagte Steiner.

«Möchten Sie etwas trinken?», fragte Hauser.

«Nein, danke. Wir werden nicht lange bleiben.»

Hauser faltete die Hände im Schoss.

«Können Sie mir sagen, wo sich Ihre Tochter im Augenblick aufhält?»

Hauser schüttelte den Kopf. «Ich weiss es nicht. Ich habe versucht, sie zu erreichen, zu Hause und auf ihrem Mobiltelefon. Aber sie nimmt nicht ab.»

Steiner wusste, dass man ihr Handy im Haus gefunden hatte, er sagte aber nichts davon.

«Können Sie sich erinnern, ob sie kürzlich erwähnt hat, dass sie jemanden besuchen wolle? Eine Freundin zum Beispiel?»

Wieder schüttelte Hauser den Kopf. «Ich kann mich nicht an eine solche Bemerkung erinnern.»

«Können Sie sich vorstellen, dass sich Ihre Tochter und Ihr Schwiegersohn bei Freunden oder Bekannten aufhalten? Oder dass sie für ein paar Tage verreist sind?»

«Tut mir leid, aber da könnte Ihnen meine Frau vielleicht eher weiterhelfen. Ich weiss es nicht. Auf jeden Fall hätte Ruth die Kinder nie alleine gelassen.»

Steiner nickte. «Wir werden noch mir Ihrer Frau sprechen – und auch mit Ihrer anderen Tochter. Wie heisst sie?»

«Meine andere Tochter? Sie heisst Monika. Sie ist zwei Jahre jünger. Sie ist noch nicht verheiratet und hat keine Kinder. Sandro und Tobias waren unsere einzigen Enkelkinder.» Hausers Stimme zitterte und er musste sich mit dem Taschentuch eine Träne aus dem Auge wischen.

Steiner und Lara warfen sich einen kurzen Blick zu. Es war plötzlich still im Raum. Nur das regelmässige Ticken der Pendeluhr war zu hören.

Jetzt meldete sich Lara zu Wort: «Ich habe versucht, die Eltern Ihres Schwiegersohns zu erreichen, aber es ging niemand ans Telefon.»

«Die sind gerade in den Ferien. Ich weiss aber nicht, wo sie hingefahren sind.» Hauser fuhr sich mit der Hand an den Kopf und sah Steiner entsetzt an. «Um Himmels willen, die wissen ja noch gar nicht, dass …» Seine Stimme brach. «Man muss sie doch informieren, nicht wahr?»

«Das werden wir übernehmen», versicherte Lara. «Haben Sie vielleicht ihre Handynummer?»

«Was für eine Nummer?»

«Die von ihrem Mobiltelefon.»

«Ach so. Einen Moment.» Hauser stand auf und verschwand in die Küche.

Als er zurückkam, hatte er einen Zettel in der Hand. «Hier ist ihre Mobiltelefonnummer.»

«Danke. Wir werden mit ihnen Kontakt aufnehmen. Wissen Sie, wann sie aus den Ferien zurück sein werden?»

«Nein. Aber meine Frau weiss es vielleicht.»

Steiner wandte sich jetzt wieder an ihn. «Herr Hauser, können Sie uns sagen, wie die Ehe zwischen Ihrer Tochter und Ihrem Schwiegersohn war? Gab es manchmal Probleme? Hatten sie kürzlich Streit?»

Hauser sah Steiner lange an, bevor er antwortete. «Worauf wollen Sie hinaus? Glauben Sie etwa, dass Ruth oder Martin etwas mit dem Tod der Kinder zu tun haben? Das ist völlig absurd, das kann ich Ihnen sagen.»

«Es tut mir leid, Ihnen das sagen zu müssen, aber gemäss den aktuellen Untersuchungsergebnissen müssen wir davon ausgehen, dass Ihr Schwiegersohn der Täter ist. Deshalb wird noch heute eine Fahndungsmeldung nach ihm und nach Ihrer Tochter ausgestrahlt werden.»

Hauser erhob sich ruckartig aus seinem Sessel. «Das ist unmöglich. Martin ist der beste und fürsorglichste Vater, den man sich überhaupt vorstellen kann.» Er starrte Steiner und Lara mit Entsetzen an.

«Es tut uns sehr leid», sagte Lara.

Hauser liess sich langsam in den Sessel zurücksinken, dann hielt er die Hände vors Gesicht und fing an zu weinen.

Sie blieben eine Weile stumm sitzen. Dann gab Steiner Lara ein Zeichen, dass sie gehen sollten. Sie erhoben sich gleichzeitig und wandten sich dem Ausgang zu.

Plötzlich ertönte Hausers schluchzende Stimme: «Ich möchte wissen, wo meine Tochter ist.»

Steiner drehte sich zu ihm um. «Wir werden Sie sofort benachrichtigen, wenn wir sie gefunden haben. Das verspreche ich Ihnen.»

«Sie hat nichts damit zu tun. Sie könnte niemals ihren Kindern etwas antun. Das müssen Sie mir glauben.»

«Ich glaube Ihnen», versicherte Steiner.

Hauser schien sich jetzt wieder gefasst zu haben. «Sagen Sie mir, warum er das getan hat.»

Steiner dachte einen Moment nach, dann sagte er: «Es muss etwas Schlimmes in seinem Leben vorgefallen sein. Und wir werden herausfinden, was es war.»

Als sie wieder im Toyota sassen, warf Lara Steiner einen ernsten Blick zu. «Musstest du ihm denn unbedingt sagen, dass sein Schwiegersohn der Täter ist? Das war doch ein riesiger Schock für ihn.»

«Glaubst du denn, es wäre besser gewesen, er hätte es aus dem Fernsehen erfahren?», entgegnete Steiner.

Lara sagte nichts, sondern startete den Motor.

«Gib mir bitte den Zettel mit der Handynummer», bat Steiner.

Lara reichte ihm den Zettel und fuhr los.

Steiner wählte die Nummer und presste das Handy ans Ohr. Nach dem dritten Klingelton meldete sich eine Männerstimme. «Engler, hallo?»

«Hallo, Herr Engler, Marc Steiner von der Kantonspolizei.»

Steiner war verblüfft. Er hörte nur ein lautes Lachen. Dann sagte die Stimme: «Ja, ja, schon gut, Martin. Du versuchst es immer wieder, was? Aber darauf falle ich nicht mehr rein. Als Nächstes willst du mir weismachen, dass in unser Haus eingebrochen wurde, was? Oder wurde gar unser Auto gestohlen? Oh, das tut mir aber leid ...» Wieder ein heiteres Lachen.

«Herr Engler, das ist kein Scherz. Mein Name ist Marc Steiner von der Kantonspolizei Zürich. Wir haben Ihre Nummer von Hans Hauser erhalten. Hören Sie mich?»

Plötzlich war es still auf der anderen Seite. Steiner konnte im Hintergrund eine Frauenstimme hören.

«Hallo? Herr Engler, hören Sie mich?»

«Ja, ich höre Sie.» Der Tonfall war plötzlich ein anderer. «Sie sind von der Polizei?»

«Kantonspolizei Zürich, Kriminalpolizei. Ich muss Ihnen leider eine schlechte Mitteilung machen.»

Der Mann sagte nichts. Man konnte nur die Stimme der Frau im Hintergrund hören.

«Herr Engler, hören Sie mich?»

«Weshalb rufen Sie an?»

«Es tut mir sehr leid, Ihnen mitteilen zu müssen, dass Ihre beiden Enkelkinder Sandro und Tobias einem Verbrechen zum Opfer gefallen sind. Bitte kommen Sie so schnell wie möglich heim.»

Steiner konnte hören, wie Engler nervös mit der Frau sprach. Dann meldete er sich wieder: «Ein Verbrechen sagen Sie? Was ist denn mit den Kindern geschehen?»

«Das möchte ich Ihnen gerne persönlich sagen. Wissen Sie, wo sich Ihr Sohn aufhält?»

«Wir kommen mit der nächsten Maschine zurück.» Die Verbindung war unterbrochen.

Steiner tippte mehrmals die Nummer ein, aber es kam nur das Besetztzeichen. Er fluchte.

Endlich meldete sich sein Handy. «Herr Engler?», sagte er.

«Hier ist Amberg. Du musst dringend hierher kommen.»

«Wo bist du?»

«Am Tatort. Wir haben die Frau gefunden.»

7

Mit quietschenden Reifen brachte Lara den Toyota zum Stehen. Steiner wurde nach vorne in die Gurten gedrückt und warf ihr einen kritischen Blick zu.

Das Grundstück war noch immer mit den rot-weissen Bändern abgegrenzt. In der Einfahrt erkannte Steiner die Fahrzeuge der Kriminaltechnik und der Rechtsmedizin. Erleichtert registrierte er, dass weder Reporter noch Kamerateams zu sehen waren.

Heute stand kein Polizist Wache. Das Gartentor knarrte leise, als Steiner es öffnete. Als sie auf das Haus zugingen, bemerkte er, dass die Hitze den Rosen schon stark zugesetzt hatte.

Die Haustür stand einen Spalt weit offen. Sie traten ein und sahen sich um, konnten aber weder jemanden sehen noch hören. Steiner fiel auf, dass das Foto an der Wand fehlte. Dann bemerkte er einen Metallkoffer der Spurensicherung am Boden.

«Hallo», rief er.

«Wir sind im Untergeschoss.» Es war Ambergs Stimme. «Schutzanzüge sind im Koffer.»

Steiner öffnete den Koffer, zog einen Schutzanzug heraus und schlüpfte hinein. Diesmal hatte er eine passende Grösse erwischt. Er streifte sich die Schuhüberzüge über. Auf den Mundschutz verzichtete er. Zuletzt zog er die Latexhandschuhe an.

Währenddessen suchte Lara im Koffer nach einer passenden Grösse. Doch es schien, als wären alle Schutzanzüge zu gross für sie. «Typisch», ärgerte sie sich. «An Frauen und dann noch in meiner Grösse hat man natürlich nicht gedacht.»

«Als diese Schutzanzüge bestellt wurden, gab es vermutlich noch gar keine Frauen bei der Kripo», sagte Steiner.

Lara suchte sich den Anzug mit der kleinsten Nummer aus und schlüpfte hinein. Als sie mit allem fertig war, musste Steiner ein Lachen unterdrücken. Sie sah aus wie ein Kind in einem zu grossen Strampelanzug.

Steiner wandte sich in Richtung Kellertreppe und Lara folgte ihm mit ernster Miene. Sie stiegen die steilen Stufen hinab, die in einen dunklen Korridor führten. Hier brannte nur eine einzige Birne an der Decke und sie mussten sich einen Moment an die schwach beleuchtete Umgebung gewöhnen. Steiner spürte, wie ein Frösteln durch seinen Körper ging.

Nun konnte man Männerstimmen hören, die vom Ende des Korridors her kamen. Die Luft war stickig. Steiner ging voraus und blickte dann durch eine offen stehende Tür.

Der Raum war eine Art Abstellkammer. Auf Holzgestellen lagen allerlei Utensilien für die Gartenarbeit: Säcke mit Dünger und Rasensaat, Mittel für Unkrautvertilgung, Spritzen und Schläuche. Auf einem unteren Regal stand eine metallene Werkzeugkiste. An einer Wand hingen sauber geordnet verschiedene Werkzeuge. In einer Ecke am Boden befand sich eine grosse Holztruhe, die offen stand.

Amberg wandte sich um, als er Steiner bemerkte. «Die Holztruhe war abgeschlossen. Wir haben sie erst später aufgebrochen.» Es klang wie eine Entschuldigung.

Neben der Truhe lag zusammengekrümmt wie ein Embryo der Körper einer Frau. Sie trug Leggins und ein T-Shirt. Die Augen waren offen und wie vor Schreck geweitet. Die Zunge war aus dem Mund hervorgetreten. Neben der Frau kniete Brandstätter.

Steiner ging auf der anderen Seite der Leiche in die Hocke.

Brandstätter zeigte mit der Hand auf den Hals der Frau. «Eine deutliche Drosselmarke.» Am Hals war eine braune, horizontal verlaufende Furche zu sehen und darüber eine blau-violette Verfärbung. «Als Tatwerkzeug dürfte eine Schnur, ein Elektrokabel oder etwas Ähnliches verwendet worden sein.»

Steiner stellte sich vor, was ihre Augen als Letztes erblickt haben mussten: ihren Mann, der ihr die Kehle mit einem Kabel zuschnürte.

«Habt ihr das Tatwerkzeug schon gefunden?»

«Am Boden lag ein Elektrokabel», erklärte Amberg. «Wir werden es auf DNA-Spuren untersuchen, ich bin mir aber sicher, dass die Frau damit erdrosselt wurde.»

Wieder hat der Täter das Tatwerkzeug achtlos liegen lassen, dachte Steiner.

«Wurden hier auch Blutspuren gefunden?», fragte Lara.

Amberg schüttelte den Kopf. «Keine Blutspuren.»

Zuerst hat er seine Frau erdrosselt und in die Truhe gelegt, dachte Steiner, dann hat er aus der Werkzeugkiste den Hammer genommen.

«Kann man etwas über den Todeszeitpunkt sagen?», fragte er.

Brandstätter erhob sich. In seinen Brillengläsern spiegelte sich die Birne der Deckenlampe. «Ich würde sagen, vierundzwanzig bis sechsunddreissig Stunden. Genauer kann ich es im Moment nicht sagen.»

Steiner nickte. «Das heisst, die Frau könnte etwa zur gleichen Zeit wie die Kinder getötet worden sein.» Er wandte sich an Amberg. «Bist du sicher, dass es Ruth Engler ist?»

Amberg hielt Steiner das Foto hin, das oben an der Wand gefehlt hatte. «Es ist eindeutig», sagte er. «Siehst du das Muttermal hier auf der linken Wange?»

Steiner nahm das Foto und hielt es ins Licht der Deckenlampe. Es gab keine Zweifel, es war Ruth Engler.

Er reichte das Foto an Lara weiter. «Wir müssen sie trotzdem identifizieren lassen. Biete morgen die Eltern auf.»

«Beide?», fragte sie.

«Du hast recht», meinte Steiner nach kurzem Zögern. «Nur ihren Vater.»

«Konntest du schon herausfinden, wo Martin Engler arbeitet?», fragte Steiner auf der Rückfahrt.

«Er arbeitet als Anlageberater bei der Privatbank Zürich. Dort muss er eine ziemlich steile Karriere gemacht haben. Das hat jedenfalls sein Schwiegervater gesagt.»

Steiner runzelte die Stirn und überlegte. «Privatbank Zürich. Wurde über diese Bank nicht kürzlich in den Medien berichtet?»

Lara bremste vor einem Rotlicht. «Ja, da hast du recht», bestätigte sie. «Die Bank wurde vor ein paar Monaten von einer ausländischen Bank übernommen, ich weiss aber nicht mehr, von welcher. Der Kurs der Aktie ist dann emporgeschnellt wie eine Rakete.»

Steiner sah Lara mit grossen Augen an. «Ich wusste gar nicht, dass du dich für Wirtschaftsthemen interessierst.»

Lara schmunzelte. «Du weisst noch einiges nicht über mich.»

Als Steiner mit dem Schlüssel in der Hand vor seiner Wohnungstür stand, verharrte er einen Augenblick. Wie war der Name des Jungen, mit dem Nina gestern aus der Tür gekommen war?

Steiner konnte es noch immer nicht recht glauben, dass seine Tochter einen Jungen mit nach Hause gebracht hatte. Wo sind nur die Jahre geblieben? Sie hatte doch erst gestern ihren ersten Schultag!

Leise steckte er den Schlüssel ins Schloss. Ein seltsames Gefühl stieg in ihm auf. Was wäre, wenn Nina wieder mit diesem Jungen in der Wohnung war?

Er öffnete ruckartig die Tür und trat ein. Nina sass am Esstisch. Allein.

Sie hob kurz den Kopf. «Was machst du denn schon hier?», fragte sie und kaute auf ihrem Kaugummi.

«Habe etwas früher Feierabend gemacht.» Er zog sein Jackett aus und setzte sich ihr gegenüber an den Tisch.

Nina konzentrierte sich wieder auf das Heft, das vor ihr lag und in das sie eifrig etwas kritzelte. Mehrere Bücher lagen offen über den Tisch verstreut.

«Hast du morgen eine Prüfung?»

Sie nickte. «Mathe.»

«Ist es schwierig?»

Sie blies den Kaugummi auf und lies eine Blase platzen. «Es geht.»

«Soll ich dir helfen?»

Nina hob den Blick und sah ihren Vater erstaunt an. Mit diesem Vorschlag hatte sie anscheinend nicht gerechnet.

Wann hatte er seiner Tochter das letzte Mal bei den Schulaufgaben geholfen? Steiner bekam ein schlechtes Gewissen.

«Nicht nötig. Sven wird mir helfen», sagte sie und blickte wieder auf ihre Bücher hinunter.

Sven!

«Ist Sven gut in Mathe?», fragte er.

«Er ist der Beste in seiner Klasse», war die Antwort.

Eins zu null für Sven.

«Er ist eine Klasse über dir, nicht wahr?»

«Ja.»

«Wie gut kennst du ihn?»

Nina hielt kurz inne mit dem Kauen und sah ihren Vater kritisch an. «Ich habe nicht mit ihm geschlafen, falls du das wissen willst.» Sie sah wieder auf ihr Heft hinunter.

Steiner war perplex und errötete. Er stand auf und ging in die Küche. Er nahm ein Bier aus dem Kühlschrank, öffnete es und nahm einen langen Schluck aus der Flasche. Als er sich nach etwas Essbarem umsah, bemerkte er den

Zettel auf der Anrichte. Es war eine Mitteilung von Erika, dass sie erst spät nach Hause komme und das Essen im Kühlschrank sei.

«Weisst du, wo Mama ist?»

«Keine Ahnung», war die Antwort, gefolgt vom Knall einer geplatzten Kaugummiblase.

«War sie noch hier, als du nach Hause gekommen bist?»

«Nö.»

Steiner war erstaunt. Erika sagte ihm sonst immer, wo sie war. Was hatte das zu bedeuten?

Er holte sein Handy aus der Hosentasche, um Erika anzurufen. Doch dann hielt er in der Bewegung inne.

Das sähe so aus, als würde er sie überwachen. Oder als käme er nicht allein zurecht.

Er steckte das Handy wieder in die Tasche.

Er nahm noch einen Schluck aus der Bierflasche und setzte sich wieder an den Tisch zu seiner Tochter. «Also», sagte er, «dann erzähl mal ein bisschen von Sven.»

Brandstätter erwartete ihn am Eingang zum Sektionssaal.

«Ist der Vater schon da?», fragte Steiner.

«Sie kommen gerade.» Brandstätter deutete mit seinem Blick den langen Gang hinunter.

Als sich Steiner umdrehte, sah er Hauser und seine Frau.

«Ich habe Lara doch gesagt, dass die Mutter nicht kommen müsse.»

Brandstätter klärte ihn auf. «Sie wollte unbedingt auch dabei sein.»

Sie gingen dem Paar einige Schritte entgegen. Die Frau tat Steiner leid. Ihr Gesicht war aschfahl.

«Danke, dass Sie gekommen sind», sagte Steiner. «Ich weiss, dass dies eine schwierige Aufgabe für Sie beide ist. Aber wir müssen es leider tun.»

«Bringen wir es hinter uns», entgegnete Hauser.

Steiner nickte Brandstätter zu.

Dieser öffnete die metallene Pendeltür und ging voraus.

Es schien, als wäre der Saal für diese spezielle Zeremonie hergerichtet worden. Die weissen Kacheln an den Wänden und am Boden waren auf Hochglanz poliert. Die vielen Wannen und Werkzeuge waren beiseitegeräumt worden. In der Mitte des Saals befand sich ein einziger Edelstahltisch, auf dem die Leiche lag. Sie war mit einem Tuch zugedeckt.

Brandstätter fasste das Tuch mit beiden Händen und blickte zu Hauser hinüber, der mit seiner Frau auf der anderen Seite des Tisches stand. Sie hielt ein weisses Taschentuch in ihrer Hand gepresst.

Hauser stützte seine Frau mit beiden Armen und nickte Brandstätter zu.

Brandstätter zog das Tuch langsam zurück, sodass der Kopf zum Vorschein kam. Er achtete darauf, dass die Wunde am Hals nicht zu sehen war.

Der alten Frau entwich ein lautes Schluchzen, das im grossen Saal wie ein Echo widerhallte. Sie presste das Taschentuch auf ihren Mund und wandte den Kopf ab.

Hausers Augen waren mit Tränen gefüllt. «Sie ist es», sagte er.

8

Die Kappelergasse war eine der vornehmsten Adressen in Zürich, eine Querstrasse zur Bahnhofstrasse, nur einen Steinwurf vom Paradeplatz entfernt. Teure Juwelier- und Modegeschäfte säumten die Gasse auf beiden Seiten.

Lara blieb vor einem Schaufenster stehen. «Die Schmuckstücke haben keine Preisschilder», stellte sie fest.

«Die Preise spielen für die Kunden, die hier ein und aus gehen, wohl keine Rolle», erwiderte Steiner. Er betrachtete die feinen Drähte, die in die Glasscheiben eingelassen waren.

«Diese Ohrringe würden mir gefallen.» Lara zeigte mit dem Finger auf ein Paar in Weissgold, die beide mit einem grossen Diamanten besetzt waren.

«Im Ernst?» Steiner sah sie verblüfft an. «So etwas würdest du tragen? Die sind doch eher für eine ältere Frau geeignet.»

«Für schönen Schmuck gibt es keine Altersgrenze», erklärte sie. Dann zog sie eine Augenbraue hoch. «Aber da müsste ich zuerst einen Sponsor finden.»

«Und zu welchem Anlass würdest du die Ohrringe tragen?», fragte Steiner.

Sie wandte sich vom Schaufenster ab und sah ihn an. «Du traust mir das nicht zu, stimmt's? Du meinst, ich laufe immer nur in Jeans herum, was? Da täuschst du dich aber!»

Steiner hob entschuldigend die Hände. «Es war nur eine Frage. Du musst es nicht gleich persönlich nehmen.»

«Ich besitze sogar ein kleines Schwarzes für besondere Anlässe», gab sie zurück.

Steiner unterdrückte ein Schmunzeln. Lara hatte offenbar das Bedürfnis, sich zu rechtfertigen. Obwohl es gar nicht seine Absicht gewesen war, sie zu provozieren. «Ich habe nicht gesagt, dass elegante Kleider nicht zu dir passen würden», versuchte er sie zu beruhigen. «Ganz im Gegenteil. Ich kann mir gut vorstellen, dass du in einem Abendkleid toll aussiehst.»

«Heuchler!», schimpfte sie und blies sich eine Locke aus der Stirn.

Sie hatten unterdessen ein älteres Haus aus Sandstein erreicht. Das vierstöckige Gebäude musste vor einiger Zeit renoviert worden sein, denn die grossen, modernen Fenster im Erdgeschoss passten nicht so recht zum Rest der Fassade. Steiner suchte nach der Hausnummer, da entdeckte er neben dem Eingang ein dezentes Messingschild mit der Aufschrift «Privatbank Zürich».

Der ältere Herr beim Empfang lächelte die beiden Besucher freundlich an. «Ja bitte, Sie wünschen?»

Steiner wollte gerade antworten, da kam eine Frau in einem grauen Hosenanzug auf sie zu.

«Herr Steiner und Frau Binelli?»

«Ganz richtig», stimmte Steiner zu.

Die Frau lächelte. Sie hatte kurzes, blondes Haar, das nach hinten gekämmt war.

«Mein Name ist Nicole Tinguely. Bitte kommen Sie mit, ich gehe gleich voraus.»

Sie betraten einen kleinen Raum, in dem sich ein Beistelltisch aus Glas und vier moderne Sessel aus dunkelrotem Leder befanden. Auf dem Tisch stand eine Keramikvase mit weissen Lilien.

«Bitte nehmen Sie Platz», forderte die Frau sie auf und schloss die Tür hinter sich.

«Sind Sie verwandt mit dem Künstler?», fragte Steiner.

«Nein, leider nicht. Sie sind nicht der Erste, der das fragt.» Sie setzte sich den beiden gegenüber. «Am Telefon haben Sie erwähnt, es gehe um einen unserer Mitarbeiter.»

«Sie sind die Personalchefin?»

Sie nickte. «Ich leite die Human Resources für den Bereich Wealth Management.»

«Es handelt sich um Martin Engler», fuhr Steiner fort.

Die Miene von Nicole Tinguely wurde ernst. «Das habe ich vermutet. Die Medien haben ja bereits darüber berichtet.» Sie senkte den Blick und schüttelte den Kopf «Es ist eine schwierige Situation für uns alle. Ist es denn sicher, dass er seine Kinder ...»

«Bis jetzt ist noch nichts sicher.» Steiner beugte sich nach vorne und stützte die Ellbogen auf seine Oberschenkel. «Wir müssen ihn zuerst finden. Dann werden wir versuchen, das, was passiert ist, zu rekonstruieren.»

«Und zu verstehen», ergänzte sie.

«Falls wir so etwas überhaupt verstehen können», meinte Steiner.

«Auch seine Frau ist nicht auffindbar?»

Steiner hob die Hände etwas an. «Tut mir leid. Dazu kann ich Ihnen nichts sagen.»

«Ich verstehe. Was wollen Sie von mir wissen?»

«Ich nehme an, Ihre Bank betreut vor allem sehr reiche Kunden?», fragte Lara.

Nicole Tinguely setzte sich aufrecht in den Sessel und warf den Kopf zurück. «Wir sind stolz darauf, zu den bedeutendsten Privatbanken der Schweiz zu gehören. Sie haben recht, zu unseren Kunden zählen wohlhabende Personen aus dem In- und Ausland. Unser Institut ist in der Vermögensverwaltung sehr erfolgreich.»

«Warum wurden Sie denn von einer ausländischen Bank übernommen?»

Nicole Tinguely bedachte Lara mit einem kritischen Blick. «Das war keine Übernahme, sondern eine Fusion. Das Ziel ist, die Geschäftsbereiche auf dem amerikanischen Kontinent auszudehnen.»

Lara beugte sich leicht vor. «Ich habe gelesen, die Privatbank Zürich sei auch von der Finanzkrise betroffen.»

«Wir sind von der Krise im amerikanischen Hypothekarmarkt betroffen, das ist richtig. So wie die meisten international tätigen Schweizer Banken.»

«Also ist die Fusion auch auf die Finanzkrise zurückzuführen?»

«Dazu müssen Sie jemanden von der Geschäftsleitung oder vom Verwaltungsrat befragen.»

«Um auf Herrn Engler zurückzukommen», Steiner versuchte, das Gespräch wieder in die ursprüngliche Richtung zu lenken, «was können Sie mir über ihn als Person sagen?»

«Seine Leistungen als Anlageberater waren so gut, dass er vor einem Jahr zum Teamleiter befördert wurde.»

«Wie ist sein Charakter?», fragte Lara. «Hat er einen Hang zur Überreaktion? Wie verhält er sich in Stresssituationen?»

«Darauf wollte ich gerade kommen.» Sie räusperte sich. «Er hat vor kurzem einen Vorgesetzten angeschrien.»

«Interessant», sagte Steiner. «Was war der Grund dafür?»

«Im Rahmen der Fusion mit der BWS, der Boston Wealth Services – so heisst die andere Bank –, wurde eine Reorganisation durchgeführt. Die Teams wurden neu zusammengesetzt. Herr Engler wurde einem neuen Team zugeteilt und ein neuer Teamleiter wurde bestimmt.»

Lara beugte sich noch mehr zu ihr vor. «Sie meinen, man hat ihm seine Position als Teamleiter weggenommen?»

«Das ist richtig. Daraufhin ist er zu einem Vorgesetzten gegangen und hat ihn beschimpft. Er hat ihm das Wort, das mit A anfängt, an den Kopf geworfen.»

«Sie meinen Arschloch?», sagte Lara mit Unschuldsmiene.

Nicole Tinguely sah Lara vorwurfsvoll an und wandte sich dann an Steiner. «Er war nach diesem Vorfall nicht mehr tragbar für unser Unternehmen. Sein Teamleiter wollte ihn verständlicherweise nicht mehr im Team haben.»

«Das heisst?», fragte Steiner.

«Er wurde freigestellt.»

«Sie meinen, er wurde entlassen?»

Sie nickte.

«Wie lange ist das her?»

«Das war vor einer Woche.»

Steiner und Lara warfen sich einen Blick zu.

«Noch eine Frage.» Steiner merkte, dass seine Stimme plötzlich etwas heiser klang. «Er wurde freigestellt. Was genau meinen Sie damit?»

Nicole Tinguely lehnte sich zurück und kreuzte die Beine übereinander. «Das ist das übliche Verfahren bei Angestellten, die einen direkten Kontakt zu wichtigen Kunden haben.» Sie wischte sich mit der Hand über ihre Hose, um ein Fäserchen zu beseitigen. «Um zu verhindern, dass ein austretender Mitarbeiter einen Teil der Kunden mit zu seinem neuen Arbeitgeber nimmt, stellt man ihn sofort frei.»

«Sie meinen, er wird noch am selben Tag rausgeschmissen?», fragte Lara.

«Er erhält selbstverständlich sein Salär noch während der Kündigungsfrist, aber er darf die Bank nicht mehr betreten.»

«Wie lange war Herr Engler bei der Privatbank Zürich angestellt?», fragte Steiner.

Nicole Tinguely zuckte mit den Schultern. «Das weiss ich nicht auswendig. Es dürften etwa zehn Jahre gewesen sein.»

Lara runzelte die Stirn und kniff die Augen zusammen. «Zehn Jahre? Und zum Dank wirft man ihn von einem Tag auf den anderen hinaus?»

Nicole Tinguely ging auf ihre Bemerkung nicht ein, sondern wandte sich an Steiner. «Entschuldigen Sie bitte, aber ich habe noch einige wichtige Termine.»

«Eines würde mich noch interessieren», entgegnete er. «Der Teamleiter, dem Herr Engler unterstellt wurde – ist das ein Mitarbeiter der Privatbank Zürich oder der ...»

«BWS», ergänzte Nicole Tinguely.

Steiner nickte.

«Es ist ein sehr fähiger Mitarbeiter der BWS.» Sie reichte Steiner eine Visitenkarte. «Falls sie noch weitere Fragen haben sollten. Jetzt muss ich wirklich zu einer Besprechung, tut mir leid.»

Steiner und Lara erhoben sich gleichzeitig.

«Wie wird die neue Bank heissen?», wollte Steiner jetzt noch wissen.

Nicole Tinguely lächelte. «BWS Zurich.»

«Das ist einfach unglaublich», schimpfte Lara, als sie auf die Kappelergasse hinaustraten. «Da rackerst du dich zehn Jahre lang für eine Firma ab und als Dank bekommst du einen Tritt in den Arsch.» Sie schüttelte verärgert den Kopf. «Freistellung nennen die das.»

«Globalisierung nennt sich das», konterte Steiner. «Die Wirtschaft kennt keine Grenzen mehr. Heute fusioniert eine amerikanische Bank mit einer Schweizer Privatbank, morgen übernimmt ein Schweizer Chemieriese ein amerikanisches Pharmaunternehmen ...»

«Um die Aktionäre zufriedenzustellen. Wen interessieren schon die Angestellten, die dabei auf der Strecke bleiben?» Lara blieb plötzlich stehen. «Ist das dein Handy?»

Steiner zog das Handy aus der Tasche seines Jacketts, presste es ans Ohr und meldete sich. Er ging einige Schritte, dann fragte er: «Wo?»

Lara sah ihn fragend an, als er das Handy zuklappte.

«Am Hönggerberg, in der Nähe der Schiessanlage, wurde eine männliche Leiche gefunden.»

9

«TeleZüri ist auch schon hier», sagte Lara, als sie sich der Schiessanlage näherten.

«Ich würde gerne wissen, woher die immer ihre Tipps bekommen», meinte Steiner leicht verärgert.

«Die Frage kann ich dir leicht beantworten.» Lara deutete zum Restaurant Schützenstube hinüber, vor dem sich eine grössere Menschenmenge versammelt hatte.

Steiner parkte in der Nähe der Absperrung. Als er aus dem Wagen stieg, drängte sich ein Mann mit einem Mikrofon in der Hand vor. Direkt hinter ihm folgte einer, der eine Kamera auf der Schulter trug.

«Herr Steiner», rief der Mann mit dem Mikrofon. «Können Sie uns etwas zum Leichenfund sagen? Handelt es sich um den Vater der Zwillinge? Hat er die Kinder getötet? Hat er Selbstmord begangen?»

Steiner hob die Hand in Richtung der Kamera, zum Zeichen, dass er nicht gefilmt werden wolle. «Bitte schalten Sie das Ding ab», sagte er verärgert. «Sie werden zu gegebener Zeit durch unseren Mediendienst mehr erfahren.» Er zeigte dem uniformierten Polizisten, der den Zutritt zum abgesperrten Gelände bewachte, seinen Dienstausweis.

«Fünfzig Meter dem Waldweg entlang und dann links», erklärte der Polizist.

Steiner bedankte sich mit einem Nicken, dann sah er sich nach Lara um. Sie war jedoch bereits vor dem Kamerateam geflüchtet und wartete in sicherem Abstand hinter der Absperrung.

«Die Bevölkerung hat ein Recht zu erfahren, was hier passiert ist», rief der Reporter Steiner zu, als dieser unter dem Absperrband hindurchschlüpfte.

Steiner folgte dem Feldweg, der geradeaus zum Waldrand führte. Lara versuchte, mit ihm Schritt zu halten.

«Woher kennen die dich?»

«Keine Ahnung», entgegnete Steiner.

Als sie in den Schatten des Waldes traten, empfing sie eine angenehme Kühle. Aber es herrschte ein unheimliche Ruhe. Es schien, als wären sogar die Vögel verstummt.

Schon bald entdeckten sie ein Absperrband, das um einen Baumstamm gewickelt war und weiter in den Wald hineinführte. Das Band markierte den Pfad, der von allen benutzt werden musste. Eine Vorsichtsmassnahme, damit keine Spuren vernichtet wurden. Steiner ging voraus.

Das Summen war das Erste, das sie wahrnahmen. Es hörte sich an, als käme es von einem Bienenstock. Aber Steiner wusste, dass das nicht Bienen waren.

Nun konnten sie auch Stimmen hören. Schemenhafte Gestalten in weissen Overalls bewegten sich zwischen den Baumstämmen.

Als Steiner und Lara näher kamen, sahen sie, dass ein Bereich von etwa zehn auf zehn Metern mit Absperrband markiert war.

Sie blieben vor der Absperrung stehen. Dann hörten sie gedämpfte Schritte und das Rascheln von Kunststoffgewebe hinter sich. Amberg trat zu ihnen.

«Wer hat ihn gefunden?», wollte Steiner wissen.

«Ein Schäferhund», entgegnete Amberg. «Sein Besitzer ist mit ihm hier spazieren gegangen.» Er holte ein Taschentuch hervor und tupfte sich über die Stirn. «Verdammt heiss in diesen Anzügen», schimpfte er.

«Sei froh, dass die Leiche nicht in einem Rebberg gefunden wurde», gab Steiner zurück. Er sah sich um. «Ist Brandstätter schon da?»

Amberg nickte. «Ja. Er musste pinkeln gehen.»

«Konnte die Leiche schon identifiziert werden?»

Amberg schüttelte den Kopf. «Wir müssen warten, bis der Rechtsmediziner fertig ist, bevor wir die Leiche näher untersuchen können.»

«Die Todesursache?»

Amberg zuckte mit den Schultern. «Das musst du schon ihn fragen.» Bei diesen Worten deutete er zu einer Gruppe von kleinen Tannen hinüber, aus denen sich eine Gestalt im Schutzanzug schälte. Brandstätter kam auf sie zu und grüsste mit einem Kopfnicken.

«Was können Sie uns berichten?», fragte Steiner.

Brandstätter rückte mit dem Zeigefinger seine Brille zurecht. «Der Mann ist seit etwa zwölf bis vierzehn Stunden tot.»

«Und wie hat er sich umgebracht?»

«So weit bin ich noch nicht», entschuldigte sich Brandstätter. «Aber wieso gehen Sie von einem Suizid aus?»

«Nur eine Vermutung.» Steiner kratzte sich verlegen am Hinterkopf. Brandstätter hatte natürlich recht. Sie wussten ja noch nicht einmal, ob es Martin Engler war.

Brandstätter zog ein Paar Latexhandschuhe hervor. «Sie entschuldigen mich. Da wartet noch Arbeit auf mich.» Er kletterte über das Absperrband und kniete sich neben der Leiche nieder.

«Wir haben Kaffee hier», bot Amberg an.

«Gute Idee», meldete sich Lara.

Amberg führte die beiden ein Stück auf dem markierten Pfad zurück und holte hinter einem Baumstamm einen Thermoskrug hervor.

«Es gibt leider nur einen Becher.» Mit diesen Worten schraubte er den Plastikbecher ab und füllte ihn. Dann hielt er ihn Steiner hin.

«Ladies first», meinte Steiner.

Lara nahm den Becher mit einem Lächeln entgegen.

«Du glaubst also, er hat sich umgebracht?», fragte Amberg. «Du glaubst, es ist der Vater der getöteten Kinder?»

Steiner zuckte mit den Schultern. «Es ist nur eine Vermutung, mehr nicht.»

«Guter Kaffee», lobte Lara. «Ziemlich stark. Ich mag ihn so.»

«Hat meine Frau gemacht», erklärte Amberg. «Ich rücke nie aus ohne eine volle Thermoskanne.»

Schritte waren zu hören. Als Steiner den Kopf drehte, sah er eine Gestalt, die dem Pfad entlang auf sie zukam. Sie trug eine grüne Hose und ein grünes Hemd, einen Rucksack und auf dem Kopf einen Schlapphut. In der Hand hielt der Mann ein grosses, weisses Netz. Er blieb vor ihnen stehen und stellte sich vor.

«Albert Denzler vom Zoologischen Institut der Universität Zürich.»

«Willkommen, Herr Denzler.» Steiner kannte ihn, bei Leichenfunden im Freien wurde er oft zurate gezogen.

Denzler sah sich im Gelände um. «Interessantes Biotop», meinte er, nahm seine runde Nickelbrille ab, putzte sie mit einem Taschentuch und setzte sie wieder auf. Dann bemerkte er den Thermoskrug in Ambergs Hand. «Und einen Kaffee könnte ich auch vertragen.»

«Zuerst ist Herr Steiner an der Reihe», stellte Amberg in deutlichem Ton klar. Er füllte den Becher nochmals auf und reichte ihn Steiner.

«Ich habe erst vor kurzem einen getrunken», entgegnete Steiner und gab den Becher an Denzler weiter.

«Was wollen Sie denn mit dem Netz fangen?», fragte Lara.

Denzler nahm einen Schluck Kaffee und wischte sich dann mit dem Handrücken über den Mund. «Fliegen», erklärte er.

«Ja», stellte Lara fest und sah zum Ort hinüber, wo die Leiche lag, «davon gibt's hier genug.»

Denzler lächelte. «Es sind nur gewisse Gattungen, die mich interessieren.»

«Sie sind also ein Fliegenspezialist?»

«Dipterologe», berichtigte er sie. «Mein Spezialgebiet ist forensische Entomologie. So wird die Wissenschaft genannt, welche sich mit der Aufklärung von Verbrechen mithilfe der Insektenkunde befasst.»

Lara runzelte die Stirn. «Ach so, die Fliegen verraten Ihnen, wer der Mörder ist?»

Die drei Männer mussten laut herauslachen. Brandstätter drehte sich erstaunt um. Auch einige Kriminaltechniker schauten auf.

«Mithilfe der auf der Leiche gefundenen Eier und Larven», erklärte Denzler schliesslich, «kann man zum Beispiel relativ genaue Rückschlüsse auf die Liegezeit der Leiche machen. Dabei muss man natürlich Jahreszeit, Temperatur, Luftfeuchtigkeit und andere Umgebungseinflüsse berücksichtigen.»

«Habe ich einen guten Witz verpasst?», fragte Brandstätter, der inzwischen zu ihnen getreten war.

«Wir haben uns nur ein bisschen über Fliegen unterhalten», erklärte Steiner und zwinkerte Lara zu, die mit ernster Miene und mit den Händen in den Hosentaschen dastand. Es schien, als sei es ihr peinlich, dass ihre Frage eine solche Erheiterung ausgelöst hatte.

«Na, schön», entgegnete Brandstätter. «Dann werde ich dafür sorgen, dass Ihnen das Lachen wieder vergeht.» Er zog sich langsam die Latexhandschuhe aus und schaute Steiner direkt in die Augen. «Der Mann wurde erdrosselt.»

10

Lara presste sich ein Taschentuch auf Nase und Mund. Der Ammoniakgeruch, der durch die Verwesung verursacht wurde, war deutlich wahrnehmbar.

Steiner verscheuchte mit einer wedelnden Handbewegung die Fliegen vor seinem Gesicht. Er hatte sich in einen der Overalls gezwängt, Kunststoffüberzüge über seine Schuhe gestreift und war neben der Leiche in die Hocke gegangen. Der Tote trug einen teuren Anzug mit Seidenkrawatte und schwarze Lederschuhe. Steiner betrachtete sein Gesicht. Fliegen hatten sich auf Mund, Nase, Augen und Ohren niedergelassen und auch bereits Eier abgelegt.

«Alle Taschen sind leer», stellte Amberg fest, der auf der anderen Seite der Leiche kauerte. «Keine Brieftasche, kein Ausweis, gar nichts. Nicht einmal ein Taschentuch.»

«Es ist nicht Engler», erklärte Steiner.

«Woher willst du das wissen?»

«Das Foto in Englers Haus. Der Mann hier ist älter und hat weniger Haare.»

«Ich staune, wie gut du dir Gesichter merken kannst.»

«Das gehört zu meinem Beruf. Dafür habe ich zunehmend Mühe mit Namen.»

«Wir werden jetzt Gipsabdrücke von den Schuhspuren machen.» Amberg erhob sich und gab seinem Team Anweisungen.

«Ich bin wie immer der Letzte in der Reihe.» Denzler war neben die Leiche getreten.

Steiner sah ihm eine Weile zu, wie er mit einem feinen Pinsel die Eier der Fliegen in kleine Plastikröhrchen füllte. Schliesslich stieg Steiner über das Absperrband und ging zu Lara. Einige Schritte hinter ihr warteten zwei Männer mit einem Leichensack und einer Bahre.

Als Denzler und die Kriminaltechniker mit ihrer Arbeit fertig waren, gab Steiner den beiden Männern ein Zeichen.

Lara steckte das Taschentuch wieder ein. «Ich werde die Vermisstenanzeigen durchgehen», schlug sie vor.

«Gut», erwiderte Steiner und schälte sich aus dem Schutzanzug. «Man wird dem Mann noch die Fingerabdrücke abnehmen. Vielleicht gibt es ja einen Treffer im AFIS.»

Beide verstummten, als der Leichensack an ihnen vorbeigetragen wurde.

«Eine Verstärkung des Teams?» Mellinger zündete sich eine neue Zigarette an, obwohl die alte noch im Aschenbecher glomm.

«Wir haben zwei tote Kinder, eine tote Mutter und nun auch noch einen toten Mann im Wald. Das schaffen wir nicht mehr zu zweit. Zudem läuft noch immer die Fahndung nach Martin Engler.»

«Können Sie mir vielleicht verraten, woher ich diese Verstärkung nehmen soll?»

«Das ist Ihr Job, nicht meiner», gab Steiner zurück. «Sie sind für die Ressourcen zuständig.»

Mellinger blies den Rauch aus. «Völlig ausgeschlossen. Ich habe keine zusätzlichen Ressourcen. Glauben Sie denn, die Leute sitzen hier nur herum und warten darauf, dass sie bei Ihnen mithelfen können?»

«Die Medien sitzen uns im Nacken und erwarten Informationen.»

«Beschweren Sie sich bei der Sicherheitsdirektion. Die kürzen uns laufend das Budget und erwarten gleichzeitig, dass wir noch mehr leisten.»

«Sie sind der Abteilungsleiter. Es liegt an Ihnen, auf die Probleme in unserer Abteilung hinzuweisen.»

Mellinger riss die Augen auf. «Wovon sprechen Sie überhaupt? Es gibt keine Probleme in meiner Abteilung. Ich habe Ihnen doch gesagt, dass ich auf die Zahl der Mitarbeiter keinen Einfluss habe. Aber wenn Sie schon einmal hier sind», fuhr er nach einer kurzen Pause fort, «dann können Sie mich gleich über den aktuellen Stand der Ermittlungen informieren. Vor allem der Vorfall mit dem Fernsehen interessiert mich.»

«Welcher Vorfall?», fragte Steiner überrascht.

«Auf TeleZüri gab's einen Beitrag über den Leichenfund am Hönggerberg. Da hat man gesehen, dass Sie nicht gerade freundlich mit den Medienvertretern umgehen.»

«Die haben das ausgestrahlt?» Steiner konnte es kaum fassen.

Mellinger drückte seine Zigarette im Aschenbecher aus. «Ich erwarte von Ihnen auch gegenüber den Medienleuten ein professionelles Auftreten. Die machen doch auch nur ihren Job, so wie Sie.»

«Wie soll ich mich denn Ihrer Meinung nach gegenüber den Medien verhalten?»

«Herr Steiner, es ist für die Kantonspolizei im Allgemeinen und für die Kriminalpolizei im Besonderen wichtig, dass sie von der Öffentlichkeit positiv wahrgenommen wird.»

«Wir werden positiv wahrgenommen, indem wir unseren Job gut machen und eine möglichst hohe Aufklärungsrate bei Verbrechen aufweisen. Und nicht, indem wir nett in die Kamera lächeln.» Steiner erhob sich. «Und jetzt entschuldigen Sie mich bitte, es warten ein paar ungeklärte Mordfälle auf mich.»

«Du warst im Fernsehen», empfing ihn Lara, als er das Büro betrat.

«Das habe ich gerade erfahren», entgegnete Steiner.

«Du hast nicht sehr freundlich gewirkt, im Fernsehen, meine ich.»

Steiner rollte die Augen. «Jetzt fang du nicht auch noch damit an!»

«Hey», gab sie zurück, «ich sage nur meine Meinung.»

«Ich weiss.» Steiner startete seinen Computer.

Nach einer Pause sagte Lara: «Wie bist du mit der neuen Pistole zufrieden?»

Steiner hob die Schultern. «Ich war mit meiner alten ganz zufrieden. Sie hat mir viele Jahre gute Dienste geleistet.»

«Hast du das Schiesstraining schon absolviert?»

Steiner schüttelte den Kopf. «Noch nicht.»

«Mir gefällt die Heckler & Koch gut. Sie ist etwas leichter und liegt besser in der Hand. Du solltest unbedingt zum Schiesstraining gehen.»

Steiner nickte. «Ich weiss.»

Lara stand auf, kam zu ihm herüber und setzte sich auf die Ecke seines Schreibtischs. «Glaubst du, dass es einen Zusammenhang gibt zwischen dem Toten im Wald und der Familientragödie?»

Steiner sah zu ihr auf. «Im Moment sieht es nicht danach aus. Ich sehe noch kein Motiv.»

«Ich schon», entgegnete Lara und schmunzelte verschmitzt.

«Ach ja, was denn für eins?»

«Wir gehen davon aus, dass Engler seine Frau und seine Kinder getötet hat. Richtig?»

Steiner nickte. «Die Indizien sind ziemlich eindeutig.»

«Okay. Gehen wir nun davon aus, dass er auch den Unbekannten im Wald umgebracht hat. Was könnte der Grund gewesen sein?»

Steiner zuckte mit den Schultern. «Du wirst es mir gleich verraten.»

Sie kniff die Augen zusammen und beugte sich zu ihm herunter. «Eifersucht. Engler wäre nicht der Erste, der deswegen einen Menschen umbringt.»

«Du meinst, es handle sich um ein Beziehungsdelikt?»

«Der Unbekannte im Wald hatte eine Affäre mit Ruth Engler. Ihr Mann ist ihr auf die Schliche gekommen.» Laras Augen strahlten.

«Warum bringt er dann auch seine Kinder um?»

Lara zuckte mit den Schultern. «Er ist ausgerastet. Hat die Kontrolle über sich vollständig verloren.»

«Der Mann war bedeutend älter als Engler.»

«Was willst du damit sagen?»

Steiner lehnte sich im Stuhl zurück. «Ruth Engler war dreissig, der Tote im Wald um die fünfzig. Es ist nicht sehr wahrscheinlich, dass sie eine Affäre mit einem zwanzig Jahre älteren Mann hatte.»

«Ach, das glaubst du wirklich? Soll ich dir eine Frau nennen, die ein Verhältnis mit einem zwanzig Jahre älteren Mann hatte?»

«Da kannst du mir irgendwas erzählen, ich kann's ja nicht beurteilen, weil ich die Frau nicht kenne.»

«Doch, du kennst die Frau.»

Steiner hob die Augenbrauen. «Ich kenne sie? Wer denn?»

«Ich.»

Steiner musste leer schlucken. «Das wusste ich nicht», stammelte er.

«Ich habe dir ja gesagt, dass du noch einiges nicht weisst über mich», entgegnete sie. «Und jetzt kümmere ich mich um die Identität des Toten.»

Nachdem Lara das Büro verlassen hatte, begann Steiner, den aktuellen Ermittlungsstand auf seinem Computer zusammenzufassen. Einmal nahm er die Visitenkarte der Personalchefin der Privatbank Zürich in die Hand. Das Logo der Bank war ein Schwan. Was hatte ein Schwan mit einer Bank zu tun? Da kam ihm eine Idee. Er wählte die Nummer, die auf der Karte stand.

«Tinguely», meldete sich die Stimme.

«Steiner. Wir haben …»

«Einen Moment, bitte.» Steiner hörte gedämpfte Stimmen, dann das Schliessen einer Tür. «Ich war gerade in einem Meeting. Jetzt bin ich in meinem Büro. Was kann ich für Sie tun, Herr Steiner?»

«Wir haben einen Toten am Hönggerberg gefunden und sind nun daran, seine Identität abzuklären.»

«Ich habe davon gehört.»

«In diesem Zusammenhang habe ich eine Frage. Wird in Ihrer Bank ein Mann vermisst, der unentschuldigt nicht zur Arbeit gekommen ist?»

Einen Moment war es still. «Sie meinen, der Tote könnte einer unserer Angestellten sein?»

«Es ist nur ein Gedanke. Könnten Sie das abklären?»

«Sie machen mir Angst, Herr Steiner. Einen Moment.» Steiner hörte Tastaturklacken und das Geräusch von Schubladen, die geöffnet wurden.

Er spürte, dass sich sein Puls beschleunigte. Es war ein Schuss ins Blaue, aber man konnte ja nie wissen. Schon oft konnten Verbrechen durch einen Zufall gelöst werden.

«Ich kann Sie beruhigen», meldete sich Nicole Tinguely wieder, «oder muss ich sagen: enttäuschen? Jedenfalls ist niemand von unserer Bank unentschuldigt abwesend.»

Kaum hatte Steiner den Hörer aufgelegt, klingelte das Telefon. Es war die Zentrale. «Herr Engler möchte Sie sprechen.»

11

Steiner hielt vor dem schmiedeeisernen Tor, liess die Seitenscheibe herunter und drückte auf den Knopf unterhalb des Kameraauges. Ein Summen erklang und das Tor öffnete sich. Er fuhr in die Einfahrt, die mit einem Mosaik aus bunten Pflastersteinen ausgelegt war, und parkte hinter einem silberfarbenen BMW Z4, dessen Verdeck offen war.

Als er aus dem Wagen stieg, schlug ihm die Hitze des Julitages entgegen. Er ging an dem BMW vorbei in Richtung Hauseingang. In diesem Moment rief eine Frauenstimme: «Hallo, wir sind hier oben.»

Er hob die Hand schützend über die Augen und blinzelte in jene Richtung, aus der die Stimme gekommen war.

Die Frau stand auf der obersten Stufe einer Steintreppe. Sie trug einen knallgelben, knappen Badeanzug.

«Sie sind doch der Herr von der Polizei?»

«Ja, der bin ich.»

«Bitte kommen Sie!»

Steiner stieg die Treppe hoch. Er spürte, wie sein Hemd am Rücken klebte und lockerte den Krawattenknoten.

«Das ist eine Hitze heute, nicht wahr?»

Er nickte.

Sie lächelte. «Ich bringe Sie zu meinem Mann.» Sie drehte sich um, schüttelte keck ihre blonde Mähne und ging voraus. Steiner betrachtete ihre schlanke Figur und ihre Hüften, die wie bei einem Model auf dem Laufsteg hin- und herschaukelten. Er schätzte die Frau auf knapp dreissig.

Sie folgten dem Gehweg aus Granitsteinen und kamen vorbei an einem Swimmingpool, in dessen Wasser die Sonne glitzerte. Steiner wandte den Blick nach links. Die Aussicht war überwältigend. Der Zürichsee lag zu seinen Füssen. Weit draussen auf dem dunkelblauen Wasser konnte er die weissen Segel der Boote sehen. Schliesslich betraten sie eine Laube. Ausgestattet war sie mit einem grossen Massivholztisch und schmiedeeisernen Gartenstühlen mit gelben Polstern. Mehrere schirmförmige Platanen spendeten Schatten.

Ein Mann mit braun gebranntem Teint und blondem Haar kam auf Steiner zu. «Kurt Engler. Bitte nehmen Sie Platz, Herr Steiner.» Er deutete auf einen Stuhl. Engler trug ein gelbes Polohemd und weisse Shorts, die Füsse steckten in Slippern. Auf dem Tisch standen eine Flasche Weisswein in einem silbernen Weinkühler und ein halb leeres Glas, in dem noch Reste von Eiswürfeln schwammen. Engler nahm einen Schluck daraus, bot Steiner aber nichts an.

Das Geräusch von spritzendem Wasser liess Steiner herumfahren. Die Frau hatte sich mit einem Kopfsprung in den

Pool gestürzt. Als sie auftauchte, strich sie sich die Haare nach hinten und schwamm mit kräftigen Zügen ihre Bahn.

«Es ist schrecklich, was passiert ist», begann Engler. «Am Telefon wollten Sie nicht viel sagen.»

«Ich ziehe das persönliche Gespräch vor», erklärte Steiner.

Engler sah ihn skeptisch an. «Wie auch immer.» Er lehnte sich zurück und kreuzte die Arme vor der Brust. «Also nochmals meine Frage: Verdächtigen Sie meinen Sohn?»

Steiner bemerkte die gelblich blonde Farbe seiner Haare und war sich ziemlich sicher, dass sie gefärbt waren. «Die bisherigen Untersuchungen haben ergeben, dass Ihr Sohn mit hoher Wahrscheinlichkeit der Täter ist.»

«Welche Beweise haben Sie dafür?»

«Dazu kann ich Ihnen keine Auskunft geben.»

Engler blies die Luft aus seiner Nase, schüttelte den Kopf und blickte auf den See hinaus. «Nicht zu fassen», sagte er. «Mein Sohn ist es nicht gewesen.» Er richtete seinen Blick wieder auf Steiner. «So etwas könnte er niemals tun. Er ist ein guter und verständnisvoller Vater.»

«Können Sie mir sagen, wie die Beziehung zwischen Ihrem Sohn und seiner Frau war? Gab es da Schwierigkeiten? Haben Sie beobachtet, dass sie sich gestritten haben?»

Engler sah zum Blätterdach der Platanen hinauf. Dann schüttelte er den Kopf. «Ich kann mich an keinen solchen Zwischenfall erinnern. Auf mich machten die beiden einen glücklichen Eindruck.» Er legte die Stirn in Falten. «Ich kann immer noch nicht glauben, was passiert ist.»

«Wann haben Sie Ihren Sohn das letzte Mal gesehen?»

«Warum wollen Sie das wissen?»

«Bitte beantworten Sie meine Frage, Herr Engler.»

Engler kratzte sich am Kinn.

Die Frau war unterdessen aus dem Pool geklettert und trocknete ihre Haare mit einem weissen Handtuch.

Engler rief ihr zu: «Jeannine, weisst du noch, wann Martin das letzte Mal bei uns war?»

Sie schlang das Tuch um ihre Hüften, kam zu ihnen herüber und stellte sich neben den Stuhl, auf dem Engler sass. Dieser fasste sie um die Hüften. Wassertropfen fielen von ihrem Haar auf sein Hemd und bildeten dunkle Flecken.

«Wann Martin das letzte Mal bei uns war? Das war an Weihnachten.»

«Bist du sicher?»

Sie nickte. «Sie kommen doch immer nur an Weihnachten.»

Engler räusperte sich und blickte wieder zu Steiner: «Dann habe ich ihn an Weihnachten zum letzten Mal gesehen.»

Die Frau löste sich aus seiner Umarmung und ging zum Haus. Beide Männer sahen ihr nach, bis sie im Eingang verschwunden war, dann fragte Steiner: «Wo lebt die Mutter Ihres Sohnes?»

«Sie ist vor drei Jahren gestorben.» Engler starrte auf das Glas, das vor ihm stand. «Sie hatte einen langen Kampf mit ihrer Krankheit. Es war für uns alle eine schwere Zeit.» Er sah zum Haus hinüber. «Ich bin froh, dass ich Jeannine habe. Sie ist mein Ein und Alles.» Er schüttelte kurz den Kopf, als würde ihm bewusst werden, mit wem er gerade sprach. «Aber das tut ja nichts zur Sache.»

«Wo könnte sich Ihr Sohn aufhalten?»

«Tut mir leid, aber ich kann Ihnen nicht weiterhelfen.»

Steiner sah ein, dass er hier nicht weiterkommen würde. Er erhob sich und verabschiedete sich.

In seinem Wagen war es heiss wie in einer Sauna. Er stellte die Klimaanlage auf die höchste Stufe und startete den Motor. Da klopfte jemand an die Scheibe.

Es war Engler. Steiner liess die Scheibe herunter.

«Ist er es wirklich gewesen?», fragte Engler, es war beinahe ein Flüstern.

Steiner nickte. «Wir sind ziemlich sicher.»

Engler reichte ihm einen Schlüssel durch das Fenster. «Wir haben ein Ferienhaus in Davos. Er hat einen Schlüssel dazu. Vielleicht ist er dort.»

«Mir wird schlecht von den vielen Kurven.» Lara sass zusammengekauert im Beifahrersitz, ihr Gesicht war bleich.

«Es ist nicht mehr weit», versuchte Steiner sie zu trösten. Sie hatten den Wolfgangpass erreicht.

«Eigentlich habe ich nichts gegen Berge», erklärte Lara. «Aber das Meer ist mir doch lieber. Da scheinen sich die Gene meiner Vorfahren durchgesetzt zu haben.» Sie betrachtete die dunklen Tannen auf beiden Seiten der Strasse. «Im Winter sind die Berge viel romantischer.»

«Apropos Romantik. Die Beziehung mit diesem älteren Mann, die du erwähnt hast …»

Lara sah ihn misstrauisch von der Seite an. «Mach dir bloss keine falschen Hoffnungen!»

Steiner grinste. «Ist das schon länger her?»

Sie verschränkte die Arme vor der Brust und blickte geradeaus. «Ich verweigere die Aussage.»

«Entschuldige, es war nur eine Frage.»

Eine Weile war es ruhig im Wagen. Man konnte nur das Dröhnen des Motors hören, die Zylinder, die mit hoher Drehzahl arbeiteten.

«Also gut, was willst du wissen?»

«Wie viel älter war er?»

«Er war zweiundzwanzig Jahre älter als ich. Ich war damals neunzehn und er einundvierzig. Ein Geschäftsfreund meines Vaters.»

«Was hat dir denn an ihm gefallen? Ich meine, er hätte ja dein …»

«... Vater sein können? Ganz einfach. Ich hatte mich in ihn verliebt. Er war meine erste grosse Liebe. Mein Vater hätte mich mit seinen eigenen Händen erwürgt, wenn er dahintergekommen wäre. Er hat bis heute nichts davon erfahren.» Sie wandte den Kopf Steiner zu. «Du bist der erste Mensch, dem ich das erzähle. Nicht einmal meine Schwestern wissen es.»

«Ich fühle mich geehrt.»

«Bilde dir nur nichts ein deswegen!» Sie schürzte die Lippen und blickte wieder geradeaus.

Vor ihnen lag der Davoser See.

Steiner fuhr auf den Parkplatz eines Hotels, vor dem ein Schild mit der Aufschrift «Nur für Gäste» angebracht war. «Wir gehen zu Fuss weiter», sagte er.

Kaum waren sie ausgestiegen, kamen zwei Männer auf sie zu. «Herr Steiner?», fragte der eine. «Caprez, Kantonspolizei Graubünden. Wir haben miteinander telefoniert.»

Gemeinsam gingen sie eine Strasse hinauf, die nur mit Schotter bedeckt war. «Wir haben das Haus observiert», sagte Caprez. «Es ist niemand hineingegangen oder herausgekommen.»

Das Haus, dem sie sich näherten, war zweistöckig und vollständig aus Holz erbaut, das Dach war mit schwarzen Eternitplatten gedeckt. Alle Fensterläden waren geschlossen.

Sie gingen die Einfahrt hoch bis zum Garagentor. Steiner warf einen Blick durch das schmale Fenster und flüsterte: «Ein schwarzer Audi.»

«Das muss Englers Wagen sein», meinte Caprez.

«Meine Kollegin und ich gehen jetzt ins Haus», fuhr Steiner fort. «Bewachen Sie die Ausgänge?»

Caprez und sein Kollege nickten.

Eine kurze Treppe führte zur Haustür. Steiner steckte den Schlüssel ins Schloss und drehte ihn vorsichtig um. Er verharrte einen Moment und warf Lara einen Blick zu. Dann drückte er den Türgriff nach unten. Die Tür ging auf und sie schlüpften hinein. Kein Laut war zu hören; keine Stimmen, kein Fernseher, kein Radio. Im Halbdunkel erkannte Steiner links eine Küche, rechts ein Wohnzimmer. Er zog die Pistole aus dem Holster und deutete Lara an, sie solle nach links gehen. Sie nickte und zog ebenfalls ihre Waffe. Steiner spürte, wie sich sein Puls beschleunigte. Er betrat das Wohnzimmer. Niemand war zu sehen. Er ging zurück in die Diele, wo Lara bereits auf ihn wartete. Sie schüttelte den Kopf. Die nächste Tür war geschlossen. Steiner drückte die Klinke nieder und stiess die Tür auf. Es war eine kleine Toilette. Nun deutete Steiner auf die Treppe. Langsam stiegen sie hoch, Stufe für Stufe, immer in der Furcht, die nächste Stufe könnte knarren. Oben standen sie wieder in einer Diele. Hier waren alle Türen geschlossen. Die Waffe schussbereit in der Hand, öffnete Steiner die erste Tür. Es war ein Schlafzimmer mit einem Kajütenbett. Durch die Ritzen in den Fensterläden drang Sonnenlicht. Steiner schüttelte den Kopf. Er ging weiter, drückte die nächste Klinke nieder, öffnete die Tür einen Spalt weit und spähte hinein. Das Zimmer befand sich auf der Schattenseite des Hauses. Deshalb konnte Steiner die Szene nur allmählich erfassen. An einem Tisch sass eine Gestalt. Sie hatte den Kopf gesenkt. Es sah aus, als würde sie beten.

12

Auf dem Tisch lag ein Gewehr. Jetzt, da seine Augen sich an die Dunkelheit gewöhnt hatten, sah Steiner auch, wer die Gestalt war.

Er ging mit Lara einige Schritte zurück und flüsterte: «Engler. Er ist bewaffnet.»

Lara sagte nichts, sie nickte nur und starrte zur Tür.

«Er scheint zu schlafen. Bleib hier und sichere den Ausgang.»

«Okay», flüsterte sie schliesslich. «Sei bitte vorsichtig!»

Er fasste sie am Arm, zum Zeichen, dass alles in Ordnung sei.

Vor der Zimmertür presste er sich mit dem Rücken an die Wand und hielt die Waffe so, dass er sofort schiessen konnte.

Man hörte einen hustenden Dieselmotor vorbeifahren. Dann war es wieder still.

Steiner gab der Tür einen Stoss und rief: «Polizei! Legen Sie das Gewehr auf den Boden und kommen Sie mit erhobenen Händen heraus!»

Keine Antwort.

«Herr Engler», rief Steiner, «seien Sie vernünftig und kommen Sie raus!»

Er versuchte, jedes Geräusch aus dem Zimmer wahrzunehmen. Er musste darauf gefasst sein, dass Engler mit geladenem Gewehr durch die Tür gestürmt kam. Er sah zu Lara hinüber, die einige Meter entfernt bereitstand und ihre Waffe auf die Tür gerichtet hielt.

«Herr Engler, haben Sie mich verstanden? Antworten Sie!»

«Lassen Sie mich in Ruhe!» Die Stimme klang heiser und verzweifelt. «Hauen Sie ab!»

«Wir können Sie nicht in Ruhe lassen. Das wissen Sie.»

Nun konnte Steiner ein Schluchzen hören. «Lassen Sie mich in Ruhe! Ich muss das, was ich begonnen habe, zu Ende bringen.»

Lara stand plötzlich neben Steiner, hielt ihre Waffe schussbereit zur Decke gerichtet und rief: «Damit machen Sie alles nur noch schlimmer!»

«Wer sind Sie?»

«Sie ist meine Kollegin», erklärte Steiner. «Wir wollen Ihnen helfen.»

«Helfen? Mir kann niemand mehr helfen. Gott steh mir bei!» Wieder hörte man ein Schluchzen.

«Sie tragen nicht allein die Schuld», versuchte Lara Engler zu beruhigen. «Die Bank ist genauso schuldig.»

«Sie haben mich gedemütigt», stiess Engler hervor. «Sie haben mich behandelt wie den letzten Dreck.» Seine Stimme wurde fester. «Dreizehn Jahre habe ich dort gearbeitet. Dreizehn Jahre!»

«Ich verstehe», versicherte Lara ihm. «So etwas macht man nicht mit einem Angestellten.»

«Ich habe mich dreizehn Jahre abgerackert. Habe unzählige Überstunden geleistet. Bin eingesprungen, wenn andere krank waren.» Jetzt ertönte ein verzweifeltes Lachen. «Ich habe mich sogar freiwillig gemeldet, als sie jemanden suchten, der die Unterlagen zu einer Präsentation für die BWS zusammenstellte.» Wieder ein Lachen, das beinahe dämonisch klang.

Dann war es still im Zimmer.

Steiner bedeutete Lara mit einer Handbewegung, dass sie weiter mit Engler reden solle.

«Herr Engler, was Ihnen widerfahren ist, ist ungerecht und unfair. Ich kann gut verstehen, wie Sie sich fühlen.»

Engler blieb stumm.

Steiner beugte sich leicht vor und sah, wie Engler das Gewehr vor sich auf den Boden stellte und den Lauf in den Mund steckte.

«Nein!», schrie Steiner und stürmte durch die Tür. Die Zeit, die er für die fünf Schritte bis zu Engler brauchte, lief wie in Zeitlupe ab. Er rechnete jeden Augenblick damit, dass der Knall der Patrone sein Trommelfell zerriss und ihm Blut und Gehirnmasse ins Gesicht spritzte.

Er kickte das Gewehr mit dem Fuss zur Seite, Engler wurde vom Stuhl geschleudert, krachte gegen die Wand und blieb regungslos am Boden liegen.

Steiner bückte sich nach dem Gewehr und nahm es an sich. Lara kniete sich neben Engler nieder, holte die Handschellen hervor und fesselte seine Hände auf dem Rücken.

Dann standen beide da, atmeten schwer und blickten auf Engler hinunter, der noch immer unbeweglich dalag.

«Er wollte sich erschiessen», keuchte Steiner.

«Du hast ihm das Leben gerettet», entgegnete Lara. Sie liess sich auf das Bett sinken. «Meine Knie zittern», sagte sie. Sie stützte die Arme auf ihre Oberschenkel und senkte den Kopf.

Steiner ging neben Engler in die Hocke. Blut quoll aus Englers Mund und lief seine Wange hinunter. Steiner kontrollierte Englers Puls, er war schnell, aber regelmässig.

Als Steiner die Wohnungstür öffnete, vernahm er als Erstes laute Musik.

Es war ein Titel der Bee Gees. Er hängte sein Jackett an die Garderobe, band seine Krawatte los und hängte sie über einen Stuhl beim Esstisch. Dann nahm er die Fernbedienung und stellte den CD-Player ab.

Erika streckte den Kopf aus der Küche. «Ach, du bist es. Du kommst gerade richtig, das Essen ist bald fertig.»

«Du hörst Musik?»

Erika kam zu ihm und gab ihm einen Kuss auf die Lippen. «Ich war halt so in Stimmung», erklärte sie.

«Und was ist der Grund für deine gute Stimmung?»

Erika lächelte. «Nichts Besonderes. Ich bin halt gut gelaunt. Das ist alles.»

Steiner zog die Augenbrauen zusammen. «Wo ist unsere Tochter? Ist sie schon wieder mit diesem …»

«Sven», ergänzte Erika.

«Ist sie schon wieder mit diesem Sven unterwegs?»

«Sie ist in der Klavierstunde», erklärte Erika und verschwand wieder in der Küche.

Auf dem Tisch lag die Zeitung, Steiner setzte sich und begann zu lesen. Dass in Österreich eine CD mit Schweizer Bankdaten über Steuerflüchtlinge aufgetaucht sei. In der Stadt Bern um mehr Polizeipräsenz gestritten werde. In Genf ein Mord ohne Leiche aufgeklärt worden sei. In der Zürcher Familientragödie immer noch nach dem Vater und mutmasslichen Täter gesucht werde.

Er legte die Zeitung beiseite.

Er erhob sich und lehnte sich an den Türpfosten der Küche. «Wo warst du eigentlich am Dienstag?», fragte er. «Du warst nicht hier, als ich nach Hause gekommen bin.»

«Ist das jetzt ein Verhör?», gab Erika zurück, während sie mit der Pfeffermühle über einer Pfanne hantierte.

Er schwieg.

«Ich habe mich mit Jasmin getroffen», sagte sie schliesslich. «Wir waren im Da Capo. Sie hat mir ihr Herz ausgeschüttet. Dafür sind beste Freundinnen ja da.»

«Hat sie private Probleme?»

Erika nahm einen Kochlöffel und rührte um. «Sie ist dahintergekommen, dass ihr Mann eine Affäre hat. Und jetzt weiss sie nicht, wie sie sich verhalten soll.» Sie hob drohend den Kochlöffel in die Höhe. «Wehe, wenn ich entdecken sollte, dass du eine Affäre hast!» Sie schmunzelte.

13

«Wenn du über etwas reden willst, das dich beschäftigt – ich bin für dich da. Unser Job ist nicht immer einfach. Was wir erleben, ist oft nicht leicht zu verkraften. Sag mir, wenn ich dir helfen kann! Dafür sind Dienstkollegen da.»

Lara nickte. «Okay. Danke!»

Sie sah müde aus. Der letzte Tag schien nicht spurlos an ihr vorbeigegangen zu sein.

Steiner startete seinen Computer und überprüfte seine Mailbox. Ausser einigen internen Informationen und der neuesten Statistik über Kapitalverbrechen war nichts Wichtiges eingegangen.

Lara trat zu ihm hin. «Was meinst du dazu?» Sie legte einen Ausdruck vor ihn auf den Schreibtisch. «Das könnte doch auf den Toten im Wald passen.»

Steiner nahm das Blatt in die Hand. Eine Vermisstenanzeige, die am Tag zuvor aufgegeben worden war. Herbert Lacher, 46 Jahre, wohnhaft in Küsnacht, verheiratet, keine Kinder. Er wurde seit einer Woche vermisst.

«Eigenartig», meinte Steiner. «Warum hat seine Frau fast eine Woche gewartet, bevor sie die Vermisstenanzeige aufgegeben hat?»

«Hallo, ihr beiden!» Amberg schloss die Tür hinter sich. «Ich gratuliere euch zur Verhaftung des Kindermörders.» Er setzte sich in den Stuhl vor Steiners Schreibtisch.

Steiner legte das Blatt beiseite. «Der Herr von der Kriminaltechnik!», begrüsste er ihn. «Was verschafft mir die Ehre?»

«Auch wir arbeiten an diesem Fall. Auch wenn dies eher im Stillen geschieht!»

«Umso sensationeller sind dann eure Ergebnisse!» Steiner schmunzelte. «Was hast du für Neuigkeiten?»

«Wir haben am Waldmenschen violette Fasern gefunden, die aus hundertprozentiger Schafwolle bestehen.»

«Am Waldmenschen?» Steiner hob die Augenbrauen.

«So nennen wir den Toten aus dem Wald.» Er beugte sich zu Steiner vor und legte ein Foto vor ihn hin. Es zeigte das Gesicht des Toten.

«Violette Fasern? Könnten die von einer Wolldecke stammen?», fragte Steiner.

«Vielleicht hat der Täter die Leiche für den Transport darin eingewickelt», schlug Lara vor.

«Wie sieht es aus mit Reifenspuren?», wollte Steiner wissen.

«Auf dem Weg, der in den Wald hineinführt? Der Untergrund ist knochentrocken», erklärte Amberg, «zudem ist der Weg mit Kies und Steinen bedeckt. Da hatten wir keine Chance, einen sauberen Abdruck zu finden.»

«Schade! Und die Schuhspuren neben der Leiche?»

Amberg legte ein weiteres Foto auf den Schreibtisch. «Da hatten wir mehr Glück. Der Boden besteht aus Lehm und trocknet deshalb auch bei dieser Hitze nicht so schnell aus.» Er lehnte sich auf seinem Stuhl zurück. «Der Täter hat den Ort nicht besonders sorgfältig ausgewählt und sich auch nicht viel Mühe gegeben, die Spuren zu verwischen.»

Steiner betrachtete das Foto. Es zeigte den Abdruck eines Schuhs. «Konntet ihr schon die Schuhsorte bestimmen?»

Ein Lächeln huschte über Ambergs Lippen. «Wie ich schon sagte: Wir arbeiten im Stillen, aber wir arbeiten.» Nach einer kurzen Pause fuhr er fort: «Es handelt sich um Ordonnanzschuhe, Grösse 45.»

«Militärschuhe?», stiess Steiner hervor. «Der Kerl ist in Militärschuhen unterwegs?»

«Engler hat keinen Militärdienst geleistet», stellte Lara klar. «Er wurde aus medizinischen Gründen für untauglich befunden und vom Dienst befreit.»

Amberg sah sie skeptisch an. «Er kann sich ja trotzdem Militärschuhe gekauft haben.»

«Aber warum sollte er sich die Schuhe drei Nummern zu gross kaufen? Engler hat Schuhgrösse 42», erwiderte Lara.

Steiner schmunzelte. «Ich kann mir gar nicht vorstellen, dass sich jemand freiwillig solche Schuhe kauft. Da gibt es doch wesentlich bequemere Modelle.» Er nahm die beiden Fotos in die Hand. «Kann ich die behalten?»

«Die Abzüge habe ich für dich gemacht.»

«Ich danke dir. Auch für die spannenden Neuigkeiten!»

«Ich bin noch nicht fertig», entgegnete Amberg

Steiner sah ihn erstaunt an. «Du hast noch mehr zu berichten? Weisst du vielleicht auch noch Name und Adresse des Mörders?»

Lara musste laut herauslachen. Doch als Amberg ihr einen ernsten Blick zuwarf, versuchte sie, das Lachen zu unterdrücken. Was ihr allerdings nicht leicht fiel.

«Der Tote trug noble Marken», fuhr Amberg fort. «Armani, Hugo Boss.»

«Das riecht nach einer höheren Position in einer Firma», vermutete Steiner.

«Oder nach einem Zuhälter», meinte Lara.

Steiner sah sie skeptisch an.

«Wir müssen alle Möglichkeiten in Betracht ziehen. Das sagst du doch immer», verteidigte sie sich.

Steiners Telefon klingelte. «Entschuldigt bitte», sagte er und nahm den Hörer ab.

«Guten Tag, Herr Steiner. Hier ist Denzler», meldete sich die Stimme.

«Hallo, Herr Denzler. Was kann ich für Sie tun?»

«Ich glaube, es ist eher umgekehrt. Ich kann etwas für Sie tun. Hätten Sie heute Zeit, ins Institut zu kommen?»

Steiner wusste, dass Denzler am Telefon nicht gerne über seine Ergebnisse sprach. «Gut», sagte er. «Ich kann um sechzehn Uhr bei Ihnen sein. Ist das in Ordnung?»

«Ja. Also, bis dann.»

Steiner legte den Hörer wieder auf. «Wo sind wir stehengeblieben?»

«Das Outfit des Toten», sagte Lara.

Amberg zog einen kleinen Plastikbeutel hervor und hielt ihn hoch wie eine Trophäe. «Das haben wir an seiner Krawatte gefunden.»

Steiner nahm den Beutel entgegen. Darin befand sich ein kleiner, silbrig glänzender Gegenstand. «Sieht aus wie eine Krawattennadel.»

«Sieh sie dir genauer an», schlug Amberg vor.

Steiner versuchte, die Nadel genauer zu betrachten. Doch dann schüttelte er den Kopf, erhob sich und ging zum Garderobenständer.

Lara und Amberg beobachteten ihn erstaunt. Aus der Seitentasche seines Jacketts holte er ein Brillenetui heraus, kam zurück und setzte sich eine Brille auf die Nase.

«Seit wann trägst denn du eine Brille?», fragte Lara.

«Die ist nur zum Lesen.»

Sie grinste und sagte: «Mach dir keine Sorgen! Mit zunehmendem Alter wird die Sehkraft schlechter, das ist ganz normal.»

Er sah sie ernst über den Brillenrand hinweg an. «Ich mache mir keine Sorgen.» Dann wandte er sich wieder der Nadel zu.

«Du kannst sie ruhig herausnehmen», bemerkte Amberg. «Wir haben sie bereits untersucht.»

Steiner öffnete den Verschluss des Beutels und liess die Krawattennadel auf den Schreibtisch fallen.

Lara beugte sich vor, um sie ebenfalls näher zu betrachten. «Sie scheint aus Silber zu sein», sagte sie.

«Sterlingsilber», präzisierte Amberg.

Steiner hielt die Nadel zwischen Zeigefinger und Daumen und betrachtete sie durch seine Brille. «Da ist ein Ornament drauf. Sieht aus wie ein S.»

14

Steiner war froh, dass sie in den Schatten des überdachten Hauseingangs treten konnten.

Lara wollte gerade die Klingel über dem Messingschild mit dem eingravierten Namen betätigen, als sich das breite Garagentor neben ihnen öffnete. Ein Motor wurde gestartet und ein schwarzer Mercedes S 500 setzte rückwärts aus der Garage.

Eine Frau sass am Steuer. Sie blickte erstaunt, fast ängstlich zu ihnen herüber. Regungslos blieb sie im Auto sitzen. Es war nur das tiefe Brummen des Achtzylindermotors zu hören.

Steiner nahm seine Sonnenbrille ab, setzte ein freundliches Lächeln auf, holte seinen Dienstausweis hervor und hielt ihn vor das Seitenfenster.

Die Frau starrte seinen Ausweis und dann ihn an, aber sie machte keine Anstalten, aus dem Wagen zu steigen.

Steiner überlegte einen Moment, was er tun würde, wenn sie wegführe. Doch dann erstarb der Motor und die Scheibe wurde einen Spalt breit heruntergelassen.

«Sind Sie Frau Lacher?», fragte Steiner.

Die Scheibe wurde nun ganz heruntergefahren. Er konnte das Parfüm der Frau riechen. Sie hatte gelocktes, kastanienbraunes Haar. Die hellgrünen Augen sahen ihn skeptisch an.

«Könnten Sie bitte aussteigen?»

Es dauerte ein paar Sekunden, dann wurde die Wagentür geöffnet. Steiner machte einen Schritt zurück.

«Sind Sie Frau Lacher?», fragte er nochmals.

Die Frau stieg aus dem Wagen. Sie trug ein knielanges, schwarzes Kleid, am Hals blitzte ein Diamant an einer Halskette. «Ja», sagte sie. «Was wollen Sie?»

«Es geht um Herbert Lacher.»

«Was ist mit meinem Mann?» Ihre Stimme klang heiser.

«Können wir uns bitte drinnen unterhalten?»

Sie ging voraus und öffnete die Tür. Sie betraten einen breiten Eingangsbereich, der in ein grosses, offenes Wohnzimmer mit Galerie führte. Der polierte Granitboden spiegelte das Sonnenlicht.

«Wollen wir uns nicht setzen?», schlug Steiner vor.

«Nein, ich will mich nicht setzen. Sagen Sie mir jetzt, was passiert ist.»

Steiner holte das Foto hervor, das ihm Amberg gegeben hatte. «Ich muss Ihnen jetzt ein Foto zeigen», begann er, «das wir von einem Mann gemacht haben, der tot aufgefunden worden ist. Es könnte sich um Ihren Mann handeln.»

Aus dem Gesicht der Frau war jede Farbe gewichen. Sie starrte Steiner an, als würde sie durch ihn hindurchblicken.

Er hielt ihr das Foto hin. Doch sie starrte weiterhin auf Steiner.

«Sehen Sie sich bitte das Foto an», forderte er sie auf.

Die Augen auf Steiner gerichtet, schüttelte sie den Kopf.

«Bitte», sagte er, «helfen Sie uns!»

Langsam senkte sie den Kopf.

Als sie das Foto erblickte, schüttelte sie wieder den Kopf. Zuerst langsam, dann immer heftiger, die Bewegung übertrug sich auf ihren Körper. Sie riss die Augen auf, dann öffnete sich ihr Mund und sie stiess einen verzweifelten Laut aus. «Nein», schrie sie schliesslich. «Nein. Warum haben sie das getan?» Plötzlich ging sie mit erhobenen Fäusten auf Steiner los und versuchte, auf ihn einzuschlagen. Er fasste sie an den Handgelenken und hielt sie zurück. Sie versuchte, sich herauszuwinden. «Warum haben sie das getan?», schrie sie wieder. «Warum haben sie das getan?» Schliesslich liess die Kraft in ihren Armen nach und ihre Hände sanken nach unten. Ihre Knie gaben nach, Steiner konnte sie gerade noch auffangen, damit sie nicht auf den Boden sackte.

«Schnell, hilf mir», sagte er zu Lara. Sie legten die Frau auf das Ledersofa. Steiner kontrollierte ihren Puls und die Atmung, dann holte er sein Handy heraus.

Sie standen in der Einfahrt neben dem schwarzen Mercedes und sahen dem Krankenwagen nach.

«Jetzt wissen wir wenigstens, dass es sich bei dem Waldmenschen um Lacher handelt», meinte Steiner.

«Die Frau tut mir leid», sagte Lara.

Steiner nickte. «Trotzdem wird sie ihren Mann in der Rechtsmedizin noch identifizieren müssen.»

«Ist das wirklich nötig?»

«So sind die Vorschriften.»

Sie schwiegen eine Weile, dann gingen sie zu ihrem Wagen. «Nun werden wir mal ein bisschen in Lachers Vergangenheit herumwühlen», sagte Steiner, als er die Fahrertür öffnete.

«Okay, und wo genau fangen wir an?»

Steiner setzte sich, liess die Tür aber offen stehen. «Warte», sagte er. «Ich habe da eine Idee.» Er tippte eine Nummer in sein Handy.

«Steiner, Kantonspolizei», meldete er sich. «Könnten Sie mir bitte eine Frage beantworten?»

Ein tiefes Atmen war zu hören. «Worum geht es?», fragte Nicole Tinguely.

«Bei Ihnen arbeitet ein Herbert Lacher.»

Stille in der Leitung.

«Hallo? Frau Tinguely?»

«Ja», bestätigte sie schliesslich. «Der arbeitet bei uns.»

«Warum haben Sie mir nicht gesagt, dass er vermisst wird?» Steiners Stimme war lauter geworden.

«Wie bitte?»

«Ich habe Sie doch gestern gefragt, ob jemand unentschuldigt nicht zur Arbeit gekommen sei.»

«Ja, das stimmt.»

«Seine Frau hat eine Vermisstenanzeige aufgegeben.»

«Was?» Wieder war es einen Augenblick still. «Moment, ich sehe nochmals in den Unterlagen nach.»

Steiner wartete und trommelte nervös mit den Fingern aufs Lenkrad.

«Also, ich habe seine Absenzenübersicht vor mir», meldete sie sich wieder. «Herr Lacher ist aber nicht unentschuldigt nicht zur Arbeit gekommen.»

«Was wollen Sie damit sagen?»

«Er ist entschuldigt ferngeblieben. Er hat sich vor einer Woche krankgemeldet.»

Jetzt war es Steiner, der einen Moment still war. Dann sagte er: «In welcher Beziehung standen Herr Lacher und Herr Engler?»

«Herr Lacher war der Vorgesetzte von Herrn Engler. Sagen Sie mir endlich, was mit Herrn Lacher passiert ist.»

Steiner lehnte sich zurück und schloss die Augen, bevor er sprach. «Herr Lacher wurde ermordet.» Er beendete die Verbindung, bevor Nicole Tinguely noch weitere Fragen stellen konnte.

15

Martin Engler sass an der Längsseite des Tischs, den Kopf hatte er gesenkt. Seine Hände ruhten auf der Tischplatte.

Der Gefängnisarzt trat zu ihm heran und beugte sich leicht zu ihm hinunter.

«Herr Engler», sagte er in ruhigem Ton. «Herr Steiner und Frau Binelli von der Kantonspolizei müssen Ihnen ein paar Fragen stellen.»

Engler hob langsam den Kopf. Seine Augen waren gerötet und geschwollen, sodass nur zwei schmale Schlitze zu sehen waren.

«Können Sie mich verstehen, Herr Engler?», fragte der Arzt.

Engler liess den Kopf wieder hängen und nickte kurz.

Steiner und Lara setzten sich Engler gegenüber an den Tisch. Der Arzt lehnte sich mit verschränkten Armen an die Seitenwand.

«Herr Engler», begann Steiner. «Wissen Sie, warum wir Sie festgenommen haben?»

Engler zeigte keine Reaktion.

Steiner überlegte, ob er wohl mit Medikamenten behandelt worden war.

«Soll ich die Frage wiederholen, Herr Engler?»

Engler sass unbeweglich da.

Ob eine weitere Befragung einen Sinn machte?

«Ich habe sie umgebracht.» Die Worte kamen langsam, aber deutlich.

Steiner warf Lara einen kurzen Blick zu.

«Wen haben Sie umgebracht?», fuhr Steiner fort.

Englers Oberkörper schüttelte sich, ein lautes Schluchzen ertönte.

«Können Sie mir sagen, was geschehen ist?»

Engler schüttelte den Kopf.

«Wen haben Sie umgebracht?», fragte Steiner nochmals.

«Meine Familie», stiess Engler kaum hörbar hervor.

Wieder blickte Steiner kurz zu Lara. Sie hatte Tränen in den Augen.

«Ihre Frau und Ihre beiden Kinder?», fragte Steiner.

Engler nickte.

«Bitte beantworten Sie meine Frage mit Ja oder Nein. Haben Sie Ihre Frau und Ihre beiden Kinder getötet?»

Nur das Keuchen von Engler war zu hören.

«Ja», sagte er schliesslich.

«Warum?», entfuhr es Lara. «Warum haben Sie das getan?»

Jetzt hob Engler den Kopf. Sein Gesicht war starr wie eine Maske. Er sah Lara direkt in die Augen. «Sie haben mich dazu getrieben!»

«Wer?», fragte Lara.

«Sie haben meinen Ruf ruiniert. Man hätte mit dem Finger auf uns gezeigt. Das musste ich verhindern.»

«Was man Ihnen angetan hat, ist unverzeihlich», sagte Steiner. «Haben Sie sich deswegen an Herbert Lacher gerächt?»

Engler blickte zu Steiner hinüber. Es schien, als müsse er über dessen Worte nachdenken. Dann sagte er: «Ich verstehe nicht, was Sie meinen.»

«Haben Sie auch Herbert Lacher getötet?»

Englers Augen weiteten sich. «Lacher ist tot?» Er starrte Steiner ein paar Sekunden lang an. «Ich habe ihn nicht umgebracht», stiess er schliesslich hervor.

«Sie haben nichts mit seinem Tod zu tun?»

«Nein. Lassen Sie mich in Ruhe!»

Der Arzt stellte sich neben Engler und legte ihm die Hand auf die Schulter. «Ich möchte hier abbrechen», sagte er und der Ton in seiner Stimme machte deutlich, dass er es ernst meinte.

Steiner und Lara erhoben sich. Da entfuhr es Engler: «Gut, dass Lacher tot ist.»

Steiner war heilfroh, dass er der stickigen Luft im Innern des Trams hatte entfliehen können. Er stieg die breite Treppe zum Eingang der Universität hoch, da bemerkte er, dass ihm jemand zuwinkte.

«Ziemlich warm heute, nicht wahr?» Denzler reichte ihm die Hand und hielt ihm die Tür auf.

«Da haben Sie nicht ganz unrecht!», entgegnete Steiner, holte ein Taschentuch hervor und wischte sich den Schweiss von der Stirn.

«Freut mich, dass Sie kommen konnten», sagte Denzler und schob die Nickelbrille auf seiner Nase zurecht. «Ich dachte, ich hole Sie ab.»

Steiner war zwar nicht zum ersten Mal hier, aber er hatte stets Mühe, sich in dem grossen Gebäude zu orientieren.

Sie stiegen in einen Lift und fuhren bis zur Ebene J. Eine eigenartige Welt, dachte Steiner, in der Stockwerke mit Buchstaben angeschrieben sind.

Sie folgten einem breiten Korridor, der kein Ende zu nehmen schien. Linker und rechter Hand gab es Türen, von denen einige offen standen. «Wir gehen ins Gebäude 34 hinüber», erklärte Denzler und öffnete eine gläserne Schwingtür. Dann bogen sie rechts ab. Endlich blieb Denzler vor einer Tür stehen, schloss sie auf und trat ein.

«Bitte nehmen Sie Platz!» Denzler deutete auf den Stuhl vor einem schmalen Pult, auf dem ein Mikroskop stand. Er selbst setzte sich an ein Pult gegenüber.

Steiner fiel als Erstes der starke Geruch auf, den er nicht richtig einordnen konnte, der ihn aber an Kampfer erinnerte, ein Mittel, das man früher in die Schränke gelegt hatte, um Motten fernzuhalten. Ringsum waren Styropor-Schachteln zu Türmen gestapelt, die teilweise fast bis zur Decke reichten.

«Entschuldigen Sie bitte die Unordnung!», sagte Denzler. «Ich arbeite gerade an der Revision einer Gattung der Familie Sarcophagidae. Das Material dazu wird mir von Museen aus der ganzen Welt zugesandt.»

«Sie meinen, dass sich in all diesen Schachteln tote Insekten befinden?» Bei dieser Frage lief Steiner ein Schauer über den Rücken.

Denzler nahm eine der Styropor-Schachteln in die Hand, öffnete den Deckel und hielt sie Steiner hin.

Mit einer gewissen Vorsicht betrachtete Steiner den Inhalt. Es waren schwarze, etwa zwei Zentimeter grosse Fliegen. Jede Fliege war in der Mitte des Körpers mit einer Nadel durchstochen. Die Tiere steckten in Reihen nebeneinander im Boden der Schachtel.

«Interessant», bemerkte Steiner. «Und diese Schachteln hier sind alle mit solchen Fliegen gefüllt?»

«Das sind noch nicht alle», bemerkte Denzler mit einem gewissen Stolz in der Stimme. «Es sind noch einige unterwegs aus Brasilien und Australien.»

Steiner war es nicht sehr behaglich in dieser Umgebung. «Nun, um zum eigentlichen Grund meines Besuchs zu kommen ...», begann er.

«Was wissen Sie über Fliegen, Herr Steiner?», fiel ihm Denzler ins Wort.

Steiner öffnete den Mund, kam aber nicht weiter.

«Wissen Sie, dass es sich um eine der grössten Tierordnungen der Erde handelt? Der wissenschaftliche Name dieser Ordnung ist Diptera, das bedeutet Zweiflügler, da sie nur ein Flügelpaar besitzen, im Gegensatz zu den anderen Insekten. Das zweite Flügelpaar hat sich im Laufe der Evolution zurückgebildet. Heute sind mehr als hundertvierzigtausend Arten bekannt. Man vermutet, dass die tatsächliche Artenzahl aber ein Mehrfaches davon ist. Fliegen sind sehr anpassungsfähig und kommen praktisch überall vor, von den kargsten Wüsten bis zu den höchsten Gletschern. Man hat sogar Larven in Ölfeldern gefunden. Fliegen gehören zu den ökologisch wichtigsten Tieren. Zum Beispiel spielen sie im Zusammenhang mit dem Abbau von totem Gewebe eine wichtige Rolle.» Denzlers Augen leuchteten. Er schob sich wieder die Brille zurecht. «Allein in der Schweiz wurden bis heute über sechstausend Arten gefunden.»

Steiner räusperte sich. «Interessant. Um auf unseren Fall zurückzukommen. Was konnten Sie herausfinden?»

Denzler tippte sich mit dem Finger an die Schläfe. «Ach, ja», sagte er. Er suchte nach etwas auf seinem Pult. «Ah, hier ist sie.» Mit diesen Worten holte er eine Kunststoffschachtel hervor und legte sie Steiner hin.

Steiner betrachtete den Inhalt durch den durchsichtigen Deckel und erkannte wieder eine Reihe von aufgespiessten Fliegen. Diese waren jedoch kleiner als die anderen und sie besassen einen grünlichen, metallisch glänzenden Körper.

«Lucilia», sagte Denzler mit einem Lächeln auf den Lippen, als würde er von einer schönen Frau schwärmen. «Diese Gattung gehört zur Familie Calliphoridae, den sogenannten Schmeissfliegen. Sie ist eine der ersten Fliegenarten, die eine Leiche bevölkert. Diese Exemplare hier habe ich auf der Leiche mit dem Netz gefangen.»

Er beugte sich wieder vor, um etwas anderes zu suchen. Dann legte er es ebenfalls vor Steiner hin. Es war ein Glasröhrchen mit einem Plastikdeckel.

Steiner nahm es in die Hand und sah, dass es mit einer Flüssigkeit gefüllt war. Er setzte seine Lesebrille auf und entdeckte, dass winzige, weisse Objekte in der Flüssigkeit schwammen.

«Das sind Eier und Larven im ersten Stadium», erklärte Denzler und blinzelte nervös. «Die habe ich von der Leiche, sie sind in Alkohol konserviert. Die Länge der grössten Larven, die ich gefunden habe, ist unter zwei Millimeter. Das bedeutet, dass die Leiche zehn bis zwölf Stunden dort gelegen haben muss.»

Steiner nickte und gab Denzler das Röhrchen zurück. «Das deckt sich mit der Aussage des Rechtsmediziners. Er meinte, der Mann sei seit zwölf bis vierzehn Stunden tot. Zwei Stunden hat der Täter wohl fürs Transportieren der Leiche gebraucht.»

16

Esther Lacher reagierte kaum, als sie die Leiche sah. Sie führte die Hand mit dem Taschentuch zur Nase, schloss die

Augen und nickte, zum Zeichen, dass es sich um ihren Mann handle.

Steiner begleitete sie nach draussen.

«Ich weiss, dies ist ein schwieriger Moment für Sie, Frau Lacher», sagte er, als sie auf den schwarzen Mercedes zugingen. «Aber ich müsste Ihnen noch ein paar Fragen stellen.»

Esther Lacher blieb stehen. «Was wollen Sie wissen?»

«Warum haben Sie die Vermisstenanzeige erst sechs Tage nach dem Verschwinden Ihres Mannes aufgegeben?»

Sie schien nachzudenken. Schliesslich sagte sie: «Mein Mann war nicht gerade das, was man einen treuen Ehemann nennt.»

«Sie meinen, er hatte ein Verhältnis?»

«Er hatte öfters Affären.» Sie schüttelte den Kopf. «Er kam manchmal mehrere Tage lang nicht nach Hause.» Sie sah zu Boden. «Er müsse auf Geschäftsreise gehen, sagte er jeweils. Aber ich wusste stets, was der Grund war. Die Spuren waren zu offensichtlich.» Wieder schüttelte sie den Kopf. «Wissen Sie, was mich am meisten gekränkt hat? Dass er glaubte, ich sei so naiv, dass ich nichts davon mitbekäme.» Sie tupfte sich mit dem Taschentuch im Augenwinkel.

«Tut mir leid», sagte Steiner.

«Ich habe ihn trotzdem geliebt. Können Sie das verstehen?»

Steiner räusperte sich verlegen. «Gestatten Sie mir noch eine Frage. Als wir Ihnen das Foto zeigten», er machte eine kurze Pause, «da haben Sie seltsam reagiert.»

Jetzt sah ihm Esther Lacher direkt in die Augen. «Es tut mir leid, dass ich auf Sie losgegangen bin. Ich weiss nicht, was mit mir los war.»

«Das meine ich nicht», entgegnete er. «Ich meine, was Sie gesagt haben. Sie sagten: *Warum haben sie das getan?*»

Falten bildeten sich auf ihrer Stirn. «Daran kann ich mich nicht erinnern.»

«Sie haben diesen Satz mehrmals gesagt.»

Doch sie schüttelte nur den Kopf. «Ich hatte einen Schock. Ich habe wohl etwas gesagt, das gar keinen Sinn ergibt.»

Steiner verabschiedete sich und blickte ihr nach, bis der Mercedes verschwunden war. Dann ging er zu seinem Wagen, wo Lara auf ihn wartete.

«Du solltest dein Handy einschalten!», empfing sie ihn.

«Woher weisst du, dass ich es ausgeschaltet habe? Wolltest du mich anrufen?»

«Ich nicht», entgegnete sie. «Aber Mellinger. Er hat auf *mein* Handy angerufen. Ich solle dir ausrichten, dass er uns in einer Stunde im grossen Besprechungsraum erwarte.»

«Gut, dann haben wir ja noch Zeit für einen Kaffee.»

Steiner war froh, dass die Besprechung nicht in Mellingers verrauchtem Büro stattfand.

«Ich möchte über den aktuellen Ermittlungsstand informiert werden, damit wir die nächsten Schritte festlegen können», begann Mellinger. Und fügte mit einem vorwurfsvollen Unterton hinzu: «Den Bericht von gestern habe ich ja noch nicht erhalten.»

«Meinen Vorschlag für eine Verstärkung unseres Teams haben Sie leider abgelehnt», gab Steiner zurück. «In dieser schwierigen Situation bin ich gezwungen, administrative Aufgaben zugunsten einer effektiven Ermittlungsarbeit zurückzustellen.»

Mellinger sass wie immer an der Schmalseite des Konferenztisches. Er trug ausnahmsweise ein Hemd mit kurzen Ärmeln, seine dicht behaarten Unterarme ruhten auf der Tischplatte. Er beugte sich vor. «Nun, ob diese Ermittlungen effektiv geführt werden, darüber werden wir noch sprechen», entgegnete er. «Aber zuerst möchte ich über das Ergebnis der Vernehmung von Martin Engler informiert werden.»

Steiner nahm Mellingers nach Zigarettenrauch riechenden Atem wahr. «Engler hat gestanden, seine Frau und seine beiden Kinder getötet zu haben. Er beteuert jedoch, nichts mit dem Tod von Herbert Lacher zu tun zu haben.»

Mellinger schüttelte den Kopf. «Glauben Sie ihm etwa?»

Steiner öffnete den Mund, um zu antworten.

Doch Mellinger kam ihm zuvor: «Sein Chef hat ihn entlassen, er hat sich dafür an ihm gerächt. Ein klares Motiv.»

Steiner blickte zu Lara hinüber. Wie meistens hielt sie sich bei den Besprechungen mit Mellinger zurück.

«Um auf Ihre Frage zurückzukommen», sagte Steiner. «Ja, ich glaube ihm. Er hat zugegeben, seine Familie umgebracht zu haben. Warum sollte er den Mord an seinem Vorgesetzten leugnen?»

«Manchmal habe ich den Eindruck, dass Sie anderer Meinung sind, nur damit Sie mir widersprechen können», konterte Mellinger.

«Ganz und gar nicht», entgegnete Steiner. «Ich bin wirklich davon überzeugt. Im Übrigen sprechen auch die Schuhspuren, die wir neben der Leiche gefunden haben, nicht dafür, dass Engler Lacher umgebracht hat.»

«Wie sollen wir nun vorgehen?», fragte Lara, als wollte sie einen Versuch wagen, die Diskussion voranzubringen.

Mellinger sah sie an, als hätte er erst jetzt bemerkt, dass sie auch am Tisch sass. Er räusperte sich: «Nun, wenn Herr Steiner glaubt, dass Engler nicht für den Mord an Lacher verantwortlich ist, dann sollten Sie möglichst bald einen anderen Verdächtigen finden.»

«Genau das ist unser Ziel», erklärte Steiner. «Und jede Minute, die wir hier sitzen, hält uns davon ab.»

Mellinger zeigte ein schiefes Grinsen. «Gut, Herr Steiner, machen Sie sich an die Arbeit!»

17

Auf Laras Schreibtisch summte ein Ventilator. Auf ihrer Stirn klebten einzelne Haarlocken und ihre Wangen leuchteten so rot, als wäre sie gerade aus einer Sauna gekommen. Auch ihr Farn schien Mühe mit der Hitze zu haben, denn bei einigen Blättern hatten sich die Spitzen braun verfärbt.

«Verdammte Hitze», schimpfte sie. «Warum gibt es in diesem Haus keine Klimaanlage? Hätte ich das gewusst, hätte ich mich bei der Flughafenpolizei beworben.»

«Glaubst du, dort sei es weniger heiss?», fragte Steiner.

«Im Flughafengebäude gibt's doch bestimmt eine Klimaanlage. Oder etwa nicht?»

«Vermutlich.» Steiner lockerte seinen Krawattenknoten. «Dir sollte diese Hitze doch nichts anhaben!»

Lara tupfte sich mit einem Papiertaschentuch über die Stirn. «Du vergisst, dass ich hier in der Schweiz geboren bin. Ich kenne das mediterrane Klima nur aus meinen Ferien.» Sie stand auf und stellte sich vor das Thermometer, das sie an einem ihrer ersten Arbeitstage an die Wand gehängt hatte. Dann schüttelte sie den Kopf. «Unglaublich, es sind hier drin fast zweiunddreissig Grad. Da soll man sich konzentrieren können!»

Steiner schmunzelte. «Hitzeferien gibt's hier leider keine. Da müsstest du schon Lehrerin sein.»

Sie hob die Hände hoch. «Gott bewahre!»

«Zurück zum Sinn und Zweck unseres Daseins hinter diesen Mauern. Wir haben einen Mord aufzuklären.»

«Gut, dass du mich daran erinnerst, das hätte ich beinahe vergessen!» Lara setzte sich wieder auf ihren Stuhl. «Und was schlägt der Maestro vor? Was tun wir als Nächstes?»

«Wir beehren Frau Tinguely wieder mal mit einem Telefonanruf!» Er wählte die Nummer und lehnte sich zurück.

«Tinguely.»

«Guten Tag, Frau Tinguely. Steiner, Kantonspolizei.»

«Es tut mir leid, aber ich muss gleich in ein Meeting.»

«Nur eine Frage.»

«Ja, und die wäre?»

«Wurden ausser Herrn Engler noch weitere Mitarbeiter in Herrn Lachers Abteilung entlassen?»

«Einen Moment bitte.» Die Verbindung wurde unterbrochen und schien tot zu sein.

«Hallo? Frau Tinguely?»

Keine Antwort.

Steiner wartete und hoffte, dass sie sich wieder melden würde.

Ein Knacken in der Leitung. «Es wurden noch zwei andere Mitarbeiter entlassen.»

«Wie bitte?» Steiner traute seinen Ohren kaum.

«Es wurden noch zwei weitere Mitarbeiter entlassen», wiederholte sie.

«Es wurden noch zwei Mitarbeiter entlassen?» In Steiner kochte eine innere Wut auf.

«Das habe ich Ihnen doch gerade gesagt. Sie wurden ebenfalls freigestellt. Am gleichen Tag wie Herr Engler.»

«Das ist ja nicht zu fassen!», schimpfte Steiner in den Hörer hinein.

Lara sah erstaunt zu ihm herüber.

«Warum um Himmels willen haben Sie nichts davon erwähnt?»

«Sie haben nie danach gefragt.»

Steiner schüttelte verärgert den Kopf. «Wir untersuchen einen Mordfall, von dem zwei Mitarbeiter Ihrer Bank betroffen sind. Und Sie verschweigen uns solche Informationen?»

«Woher sollte ich denn wissen, dass dies wichtig ist für Sie?»

Steiner atmete einmal tief ein und versuchte sich wieder zu beruhigen. «Die Namen.»

«Wie bitte?»

«Ich brauche die Namen dieser zwei Personen.»

«Ich weiss nicht, ob ich Ihnen die Namen geben darf ...»

«Sie haben uns wichtige Informationen vorenthalten. Dadurch haben wir wertvolle Zeit verloren. Geben Sie mir Namen und Adressen dieser Mitarbeiter oder soll ich Sie von einem Einsatzwagen abholen lassen?»

Ein deutliches Seufzen war zu hören. «Also gut.»

«Nicht zu fassen!», Steiner knallte den Hörer hin. «Es gibt noch zwei weitere Mitarbeiter, die von Lacher entlassen wurden. Alessandra Rossi und Felix Minder. Und diese Tinguely hält es nicht für notwendig, uns darüber zu informieren.»

«Mit wem sprechen wir zuerst?», wollte Lara wissen.

«Wir befragen sie gleichzeitig. Du übernimmst die Frau.»

«Soll ich sie hierher beordern?»

«Das kannst du machen, wie du willst.» Er erhob sich, krempelte seine Ärmel nach vorne, schob seinen Krawattenknoten zurecht und setzte seine Sonnenbrille auf. «Ich jedenfalls brauche frische Luft. Ich werde den Mann zu Hause aufsuchen.»

Der Mann, der die Tür öffnete, trug Shorts, ein Hawaii-hemd und war barfuss. Seine hellblauen Augen musterten Steiner skeptisch. Er war unrasiert und auf seiner linken Wange konnte man deutlich rote Striemen vom Abdruck eines Kissens erkennen. «Wer sind Sie?», fragte er, während er blinzelte und sich die Augen rieb.

Steiner bemerkte, dass er nach Alkohol roch. «Sind Sie Felix Minder?» Mit diesen Worten griff er in die Innentasche seine Jacketts, um den Dienstausweis hervorzuholen.

In diesem Moment wollte der Mann die Tür wieder schliessen. Steiner stellte seinen Fuss dazwischen und hielt dem Mann den Ausweis vor die Nase. «Steiner, Kantonspolizei. Darf ich hereinkommen?»

«Scheisse.» Der Mann drehte sich um, liess Steiner vor der offenen Tür stehen und ging zurück in die Wohnung.

Steiner trat ein und schloss die Tür hinter sich. Der Mann schwankte durch eine schmale Diele und liess sich dann in einem geräumigen Wohnzimmer auf ein schwarzes Ledersofa sinken. Auf dem gläsernen Beistelltisch standen eine Flasche Ballantine's und ein halb volles Glas. Neben dem Mann auf dem Sofa lagen zwei Kissen.

«Sind Sie Felix Minder?», fragte Steiner nochmals.

Der Mann nahm das Glas in die Hand und prostete Steiner zur. «Gratuliere! Sie haben mich gefunden.»

Steiner setzte sich ihm gegenüber in einen Sessel. «Ich muss Ihnen ein paar Fragen stellen im Zusammenhang mit Ihrer Entlassung bei der Privatbank Zürich.»

Minder lachte und schwenkte das Glas, sodass sein Inhalt überschwappte. «Lang lebe unser lieber Herr Lacher!» Er führte das Glas zum Mund und leerte es in einem Zug.

«Die Personalchefin hat mir bestätigt, dass Sie von Herrn Lacher entlassen worden sind.»

Minder nickte, nahm die Flasche und füllte das Glas. «Ja, ja, die liebe Frau Tinguely.» Er hielt plötzlich in seiner Bewegung inne und sah Steiner an. «Wissen Sie, was man sich in der Bank über die Tinguely erzählt?» Er nahm erneut einen Schluck aus dem Glas.

«Herr Minder, bitte stellen Sie das Glas auf den Tisch und hören Sie mir einen Augenblick zu!»

Minder runzelte die Stirn und betrachtete Steiner einen Moment. Dann setzte er das Glas ab. «Einem Polizisten muss man gehorchen, nicht wahr?» Er lachte und sein Lachen ging in einen heiseren Husten über.

«Herr Minder», begann Steiner. «Sie sind betrunken. Ich möchte Sie darauf hinweisen, dass Ihre Aussagen aufgrund Ihres Zustandes nicht gegen Sie verwendet werden können. Haben Sie verstanden, was ich gesagt habe?»

Minder starrte Steiner mit offenem Mund an. Dann nickte er plötzlich. «Ich habe verstanden.»

«Gut. Wo waren Sie am Dienstagabend?»

Minder beugte sich vor, um das Glas wieder in die Hand zu nehmen, zögerte und sagte zu sich selbst: «Nein, der Herr Polizist hat gesagt, du darfst jetzt nicht trinken!»

«Herr Minder, haben Sie meine Frage verstanden?»

Minders Blick schwenkte vom Glas zu Steiner hinüber. «Logisch, habe ich Sie verstanden. Ich habe nichts in den Ohren.»

«Also, wo waren Sie am Dienstagabend?»

Minder schien zu überlegen. «Letzten Dienstag?»

«Ja», bestätigte Steiner.

«Ich war im Terrasse.»

Steiner stutzte. «Sind Sie sicher?»

«Klar, bin ich sicher. Ich bin jeden Dienstag dort.»

«Kann das jemand bezeugen?»

Minder schloss die Augen und sah dann Steiner wieder an. Er schien leicht zu schielen. «Was?»

«Wer kann bestätigen, dass Sie im Restaurant Terrasse waren?»

«Sie meinen, wer mich dort gesehen hat?»

«Ja, genau. Wer hat Sie dort gesehen?»

«Alle, die dort waren.»

«Können Sie mir einen Namen nennen?»

«Ich kenne doch nicht alle, die dort waren.»

«Ein Name genügt.»

Minder legte den Kopf schief und schien nachzudenken. Plötzlich leuchteten seine Augen. «Sergio! Sergio hat mich dort gesehen.»

«Sergio? Und wie ist sein Nachname?»

Minder verzog sein Gesicht. «Keine Ahnung. Ich kenne ihn nur als Sergio. Ein netter Kerl!»

«Was wissen Sie sonst noch über Sergio?»

«Er macht tolle Drinks!», erklärte Minder. «Sie müssen auch einmal hingehen, Herr Polizist.»

«Sie meinen, Sergio ist der Barkeeper?»

Minder zeigte mit dem Finger auf Steiner. «Genau, das ist er!»

Steiner stand auf.

«Wo wollen Sie denn jetzt hin?», fragte Minder erstaunt.

«Ich mache einen Besuch bei Ihrem Freund Sergio.»

18

Steiner setzte sich in seinen Wagen und liess die Scheibe herunter. Von hier oben hatte er einen Ausblick über die ganze Stadt bis hinüber zum Uetliberg, auf dem er die Silhouette des Aussichtsturms erkennen konnte. Der erinnerte ihn stets an den grösseren Bruder in Paris.

Er nahm sein Handy und wählte Laras Nummer.

«Hast du mit Alessandra Rossi sprechen können?»

«Einen Moment.»

Er hörte Schritte und ihren Atem.

«Okay. Jetzt können wir reden.»

«Wo seid ihr denn?»

«Im Acqua.»

Steiner schmunzelte. Er stellte sich vor, wie Lara auf der Terrasse des Restaurants direkt am See unter einem Sonnenschirm sass. «Schön für dich. Da hast du dir aber einen feinen Ort für die Befragung ausgesucht.»

«Das war nicht meine Idee», erklärte sie. «Sie hat den Ort vorgeschlagen.»

«Schon gut. Was hat das Gespräch ergeben?»

Im Hintergrund konnte er Stimmen hören. Lara sprach jetzt etwas leiser. «Sie hat ein Alibi für die Tatzeit. Sie war mit einer Freundin im Kino. Zuerst waren sie in einer Pizzeria, dann sahen sie *Vergebung*.»

«*Vergebung*?»

«Die Verfilmung von Stieg Larssons drittem Roman.»

«Gut. Überprüfe das bitte.»

Er drückte die Taste an seinem Handy und sah wieder durch das offene Fenster hinaus. Die Sonne begann den Himmel rosa zu färben.

Das Restaurant Terrasse war gerammelt voll. Jeder Tisch war besetzt und auch an der Bar reihten sich die Gäste, als wären sie durch eine unsichtbare Kette miteinander verbunden. Steiner war froh, dass das Rauchverbot auch in Zürich eingeführt worden war. Er ging auf die Bar zu und zwängte sich in die Menschenreihe vor der Theke. Der junge Mann in dunklem Anzug, der neben ihm stand, beäugte ihn kritisch von der Seite. Steiner nickte ihm freundlich zu und lächelte.

«Was wünschen Sie?», fragte der Barkeeper.

«Ein Heineken.»

Der Barkeeper stellte eine kleine Schale mit Chips vor Steiner hin.

Steiner sah sich um. Die Gäste waren unterschiedlichen Alters. Junge sassen in Gruppen an Tischen und diskutierten lautstark. Ältere sassen zu zweit oder zu viert zusammen. Einmal übertönte das Musikgeräusch eines Handys das Stimmengewirr.

«Sind Sie Sergio?», fragte Steiner, als der Barkeeper das Bier servierte.

Der Barkeeper schüttelte den Kopf. «Nein. Wollen Sie mit ihm sprechen?»

Steiner nickte und nahm einen grossen Schluck aus dem Glas.

Der Barkeeper ging ans andere Ende der Bar, tippte einem jüngeren Kollegen auf die Schulter und sagte ihm etwas ins Ohr. Der Jüngere warf einen skeptischen Blick zu Steiner herüber. Der Mann hatte schwarzes, kurz geschnittenes Haar, das mit Gel zu einer Igelfrisur gekämmt war. Sein Gesicht war gebräunt, das Kinn zierte ein Bärtchen.

Steiner nahm ein paar Chips aus der Schale.

«Sie wollen mich sprechen?» Der Mann mit dem Ziegenbärtchen stand vor ihm auf der anderen Seite der Theke.

Steiner holte seinen Ausweis heraus und legte ihn neben das Bierglas. «Sind Sie Sergio?»

Der Mann machte grosse Augen, als er den Ausweis sah, und starrte Steiner an, als würde er sich überlegen, ob er sich irgendetwas hatte zuschulden kommen lassen. «Ja», sagte er schliesslich. «Ich bin Sergio. Was wollen Sie von mir?»

Der Mann im dunklen Anzug neben Steiner drehte neugierig den Kopf.

Steiner steckte seinen Ausweis wieder ein. «Können wir irgendwo ungestört reden?»

Sergio nickte und ging ans Ende der Bar. Steiner nahm noch einen Schluck aus dem Glas und folgte ihm. Sergio öffnete die Tür zu einem Abstellraum, in dem Tischtücher, Servietten und anderes Material in Regalen gestapelt waren.

Steiner schloss die Tür hinter sich. «Sie sind also Sergio», begann er. «Wie ist Ihr Nachname?»

«Ferrari.»

Steiner sah ihn ernst an.

«Das ist kein Witz, ich heisse wirklich so.» Er kramte seine Identitätskarte aus der Brieftasche und zeigte sie Steiner. «Was wollen Sie von mir?»

«Kennen Sie Felix Minder?»

Sergios Augen tanzten hin und her. Er schien zu überlegen, ob er mit Minder irgendein Problem gehabt hatte. «Ja, ich kenne ihn. Er kommt regelmässig hierher.»

«War er auch am letzten Dienstag hier?»

Sergio runzelte die Stirn. Schliesslich nickte er. «Ja, da war er auch hier.»

«Sind Sie sicher?»

«Ja. Er war sehr aufgebracht. Er ist sonst ein eher ruhiger Gast. Er trinkt seinen Whisky und redet nicht viel. Auch nicht mit anderen Gästen.»

«Weshalb war er so aufgebracht?»

Jetzt schien Sergio auf Distanz zu gehen. Es war ihm offenbar bewusst geworden, dass er sich mit einem Polizisten unterhielt und er seinen Gast in Schwierigkeiten bringen könnte. «Hören Sie», sagte er, «warum fragen Sie ihn nicht selbst?»

«Überlassen Sie es bitte mir, wann ich mit welchen Personen spreche. Ich hätte gern eine Antwort.»

Sergio hob die Hände. «Schon gut. Ich will nur nicht, dass er ein Problem bekommt, verstehen Sie?»

«Das verstehe ich. Ich finde es lobenswert, dass Sie sich einem Gast gegenüber loyal verhalten. Aber ich muss Minders Alibi überprüfen und Sie können mir helfen.»

Sergio nickte. «Also, er kam gegen sechzehn Uhr herein. Das war sehr früh, in der Regel kommt er erst am Abend.» Er kratzte sich kurz an seinem Bärtchen. «Zuerst sass er nur da und sagte nichts, so wie immer. Aber er trank mehr als sonst.» Sergio hielt plötzlich inne und sah Steiner mit weit aufgerissenen Augen an. «Hat er irgendetwas Schlimmes getan?» Auf seiner Stirn bildeten sich Falten. «Jesus! Hat er es tatsächlich getan?»

Steiner fasste ihn bei den Schultern. «Beruhigen Sie sich! Was soll er getan haben?»

In diesem Augenblick wurde die Tür geöffnet und ein Frauenkopf blickte herein. «Oh, Entschuldigung! Ich wollte nur die Servietten …»

Sergio schien sich wieder gefasst zu haben. «Schon gut, Andrea. Ein privates Gespräch. Nur fünf Minuten.»

«Ist gut, ich komme später nochmals.» Sie stiess die Tür noch etwas weiter auf, sodass sie auch Steiner sehen konnte. «Ist alles in Ordnung, Sergio?»

«Alles in Ordnung, Andrea. Wir sind bald fertig.»

«Na gut!» Sie sah Steiner skeptisch an, dann zog sie den Kopf zurück und schloss die Tür wieder.

«Also», fuhr Steiner fort, «was ist am Dienstag hier vorgefallen?»

Sergio räusperte sich. «Wie gesagt, er trank mehr als sonst. Viel mehr. Dann fing er an zu reden. Zuerst dachte ich, dass er nur mit sich selbst spreche. Aber er ist immer lauter geworden. Er sagte, sie hätten ihn rausgeschmissen. Das waren seine Worte. Rausgeschmissen!»

«Er hat darüber an der Bar gesprochen? Er hat den Leuten erzählt, dass er entlassen worden war?»

Sergio nickte eifrig. «Und dann ist er auf einmal vom Hocker gefallen.»

«Vom Hocker gefallen?»

«Richtig. Er lag am Boden und konnte nicht mehr aufstehen.»

«Wie haben Sie dieses Problem gelöst?»

«Ich habe ihm auf die Beine geholfen. Dann haben wir ein Taxi für ihn bestellt. Ich musste ihn stützen, denn er konnte kaum mehr gehen. In der Lounge haben wir auf das Taxi gewartet. Er hat nur noch vor sich hin gemurmelt. Schliesslich wollte er, dass ich seiner Brieftasche das Geld für die Getränke entnehme. Als ich ihn dann ins Taxi gesetzt …»

«Wie spät war es da?»

«Das muss gegen zweiundzwanzig Uhr gewesen sein.»

«Als ich ihn ins Taxi gesetzt habe, hat er mir die Wange getätschelt und gesagt, ich sei ein guter Kerl.» Sergio machte eine kurze Pause. «Dann sagte er, sein Chef sei kein guter Mensch. Er werde ihn umbringen.»

Steiner überquerte den Fussgängerstreifen beim Bellevue, als sich sein Handy meldete.

«Ich habe mit der Freundin von Alessandra Rossi gesprochen.» Der Empfang war schlecht. Steiner musste eine Hand aufs andere Ohr halten, um etwas zu verstehen.

«Konnte sie das Alibi bestätigen?»

«Ja. Die beiden Frauen waren in einer Pizzeria, dann im Kino, anschliessend gingen sie noch in eine Bar. Rossi hat ein wasserdichtes Alibi.»

Steiner ging die Rämistrasse hinauf, das Handy gegen das Ohr gepresst. «Alibis von der besten Freundin oder vom besten Freund sind mir immer etwas suspekt.»

«Hast du etwa Vorbehalte?», fragte Lara. «Warum atmest du so schwer?»

«Ich bin auf dem Weg zum Parkhaus.»

«Mein lieber Marc, du solltest etwas mehr für deine Fitness tun!»

«Und woher die Zeit dafür nehmen?»

«… stand auf dem Grabstein geschrieben!»

Sie hat recht, dachte er. Ich hetze Tag und Nacht meinen Fällen hinterher und dabei kommt anderes zu kurz. Er schwieg eine Weile.

«Marc, bist du noch da?»

Er hatte inzwischen den Eingang zum Parkhaus erreicht. «Ich muss jetzt Schluss machen. Bis morgen.»

Nina sah kurz auf, als Steiner eintrat.

«Immer noch fleissig um diese Zeit?», begrüsste er sie.

Sie schüttelte den Kopf, ihre langen, braunen Locken baumelten hin und her. «Die Lehrer spinnen!»

Steiner zog sein Jackett aus. «Was haben sie dir angetan, die bösen Lehrer?»

«Wörterprüfung über vier Lektionen.» Sie tippte mehrmals mit dem Ende des Bleistifts an ihre Stirn.

«Französisch?»

Sie verdrehte die Augen. «Mein Lieblingsfach.»

«Die Prüfung ist morgen?»

Sie nickte.

«Wann hast du angefangen zu lernen?»

«Heute.»

«Seit wann weisst du von dieser Prüfung?»

Sie legte den Kopf schräg. «Seit einer Woche.»

«Warum hast du nicht früher mit Lernen begonnen?»

Wieder verdrehte sie die Augen und schnaubte. «Jetzt fang du nicht auch noch damit an! Mama hat mir das schon vorgehalten.»

«Wo ist Mama?»

Nina zuckte mit den Schultern. «Keine Ahnung.»

Steiner legte die Stirn in Falten. Er zog sein Handy heraus und sah auf das Display. Es war kein Anruf von Erika registriert.

Nina schaute in ihre Hefte und schrieb eifrig auf einen Block.

«Soll ich dich abfragen?»

«Nein, nein. Es geht schon, danke.»

Steiner ging in die Küche und öffnete den Kühlschrank. In diesem Moment klingelte das Telefon. Er hastete ins Wohnzimmer und hob den Hörer ab.

«Hallo Marc! Hier ist Jasmin. Ist Erika zuhause?»

«Nein, sie ist nicht da. Wie geht es dir?»

«Ausgezeichnet. Nächste Woche fliegen Peter und ich nach Vancouver. Ich freue mich sehr. Ich wollte Erika fragen, ob wir uns noch treffen könnten, bevor wir verreisen. Ich habe seit Wochen nichts mehr von ihr gehört. Bitte sage ihr, sie solle mich anrufen.»

Steiner legte den Hörer auf und blieb im Sofa sitzen. Hunger hatte er keinen mehr. Hatte Erika nicht gesagt, sie habe sich letzte Woche mit Jasmin getroffen?

19

Felix Minder blinzelte mit verschlafenem Blick, als er die Tür öffnete. «Sie schon wieder?» Er sah auf seine Armbanduhr. «Verdammt früh. Können Sie nicht am Nachmittag kommen?»

«Wir können unsere Unterhaltung auch im Kripo-Gebäude führen, wenn Ihnen das lieber ist. Dort gibt es auch einen Kaffeeautomaten», entgegnete Steiner.

«Schon gut. Mein Kaffee ist bestimmt besser. Kommen Sie herein.» Er ging voraus in die Küche.

Minder trug immer noch sein Hawaiihemd. Es sah ganz so aus, als hätte er darin geschlafen. Er stellte zwei Tassen unter eine Espressomaschine und drückte einen Knopf. «Was wollen Sie wissen?» Er gähnte, verschränkte die Arme und lehnte sich gegen die Küchenabdeckung aus schwarzem Granit. Während die dunkle Flüssigkeit in die Tassen floss, verbreitete sich ein angenehmes Kaffeearoma.

«Ich habe gestern mit Sergio gesprochen», begann Steiner. «Er hat bestätigt, dass Sie letzten Dienstag dort waren.»

«Na, sehen Sie!» Minder reichte Steiner eine Tasse.

«Da gibt es allerdings ein kleines Problem. Sie sollen gesagt haben, dass Sie Ihren Chef umbringen werden.»

Minder wollte gerade einen Schluck nehmen, verharrte dann aber in seiner Bewegung. «Was? So etwas soll ich gesagt haben?»

Steiner nickte.

Minder schüttelte den Kopf. «Hören Sie, ich war ziemlich betrunken. Mag sein, dass ich ein paar dumme Sprüche gemacht habe. Das kann man doch nicht ernst nehmen!»

«Sie haben um etwa zweiundzwanzig Uhr die Bar verlassen und sind mit dem Taxi nach Hause gefahren. Was haben Sie den restlichen Abend gemacht?»

«Warum ist das so wichtig?»

«Weil an diesem Abend Lacher ermordet wurde.»

Minder blickte auf seine Tasse. «Sehen Sie, Herr Steiner, genau das ist mein Problem. Darüber habe ich mir auch schon den Kopf zerbrochen.»

Steiner trank seine Tasse aus und stellte sie auf die Abdeckung. «Was meinen Sie damit?»

Minder sah ihm in die Augen. «Ich weiss noch, dass ich ins Taxi gestiegen bin.» Er schüttelte den Kopf. «Aber was danach geschehen ist, daran kann ich mich beim besten Willen nicht mehr erinnern. Ich weiss nur noch, dass ich am nächsten Tag hier auf dem Sofa aufgewacht bin.»

Brandstätter stand mit einem seiner Assistenten vor dem Eingang zum Institut für Rechtsmedizin. Sie trugen lange Kittel und hielten beide eine Zigarette in der Hand. Als Brandstätter Steiner bemerkte, inhalierte er ein letztes Mal tief, dann drückte er seine Zigarette im Aschenbecher aus, der neben der Tür an der Wand befestigt war.

Die Leiche im Autopsiesaal lag auf einem der Edelstahltische und war von einem Laken bedeckt.

«Nun, worum handelt es sich bei dieser Sache, die ich unbedingt an Ort und Stelle sehen soll?», fragte Steiner.

«Eines nach dem anderen», erwiderte Brandstätter, während er sich Latexhandschuhe überstreifte. Der Assistent entfernte das Tuch, unter dem der tote Körper von Lacher zum Vorschein kam.

100

Steiner blickte auf den Toten hinunter. Die Haut war fahlgrau, an den Seiten des Körpers waren dunkelviolette Totenflecke zu sehen. Der Brustkorb war bereits wieder zugenäht worden.

Brandstätter nahm die rechte Hand der Leiche und hob sie hoch. «Sehen Sie hier!» Er spreizte die Finger des Toten auseinander. «Was meinen Sie dazu?»

Steiner trat näher heran und beugte sich hinunter.

An den Fingerspitzen waren deutliche Abschürfungen zu erkennen, die Fingernägel zeigten Spuren von Abschabung.

«Abwehrverletzungen können es nicht sein», mutmasste Steiner. «Diese wären an den Handflächen oder Unterarmen. Es sieht aus, als hätte er mit den Händen gegraben.»

Brandstätter schüttelte den Kopf. «Ich habe keine Spuren von Erde unter den Fingernägeln gefunden. Dafür aber etwas anderes.» Er liess die Hand langsam auf den Seziertisch gleiten. «Ich fand einen hellen, feinen Staub.»

«Staub unter den Fingernägeln? Was könnte das sein?»

«Das kann ich Ihnen noch nicht sagen. Aber schauen Sie sich das hier noch an!» Brandstätter ging ans Ende des Tisches. Er zeigte mit dem Finger auf den rechten Fuss der Leiche.

Steiner musste sich diesmal nicht hinunterbeugen, er konnte die Auffälligkeit aus einem Meter Entfernung sehen. Das rechte Fussgelenk war deutlich angeschwollen. Über der Schwellung befand sich ein dunkelblauer, etwa zwei Zentimeter breiter Streifen, der um das Gelenk herumführte.

Steiner sah Brandstätter überrascht an. «Er ist an einem Bein gefesselt worden.» Er betrachtete auch das andere Bein und die beiden Handgelenke, konnte aber keine ähnlichen Abdrücke finden.

«Die Fesselungsmarke ist nur an diesem Gelenk vorhanden», erklärte Brandstätter.

«Was für ein Material verursacht einen solchen Abdruck?», fragte Steiner. «Eine Schnur, ein Draht oder ein Kabel kann es nicht sein. Auch nicht ein Klebeband.»

«Da haben Sie völlig recht. Es muss sich um eine Metallmanschette handeln.»

«So, wie die Gefangenen im Mittelalter im Kerker gehalten wurden?»

«Genau so!»

Steiner sah auf die Leiche hinunter. «Er wurde mit einer Metallmanschette am Fussgelenk gefesselt, bevor er erdrosselt wurde. Womit haben wir es hier zu tun?»

«Diese Frage wollte ich eigentlich Ihnen stellen!»

«Haben Sie Hinweise auf eine Folterung gefunden?»

«Wenn Sie Wasserentzug als Foltermethode bezeichnen, dann schon. Ich habe deutliche Zeichen von Dehydrierung gefunden. Sonst nichts.»

Steiner wandte den Blick wieder zum Rechtsmediziner. «Lacher ist einige Tage vor seinem Tod verschwunden. Wir wissen nicht, wo er war. Seine Frau meint, er habe öfters Affären gehabt.»

Brandstätter grinste. «Es gibt die verrücktesten Sexualpraktiken.»

Steiner nickte. «Ich muss sagen, Sie haben am Telefon nicht zu viel versprochen.»

Brandstätters Grinsen verschwand aus seinem Gesicht. «Das hier habe ich nicht gemeint, als ich angerufen habe.»

«Wie meinen Sie das?»

Brandstätter gab dem Assistenten ein Zeichen. Dieser öffnete die Tür zum Kühlraum und verschwand darin.

Brandstätter reichte Steiner eine kleine Dose mit Mentholsalbe. Steiner öffnete sie und strich sich etwas von der Paste unter die Nase. Er wusste, was jetzt kommen würde.

Der Assistent schloss die Tür des Kühlraums. In der Hand trug er ein paar durchsichtige Plastikbeutel, die er auf einem der Tische deponierte. Der Inhalt schimmerte dunkelrot.

«Wir haben, wie immer bei einem Gewaltverbrechen, eine vollständige Obduktion durchgeführt.» Mit diesen Worten öffnete Brandstätter eine der Plastiktüten. Er griff mit seiner Hand hinein, holte ein bräunlich rotes, ovales Organ heraus und legte es in eine Edelstahlwanne. Dunkelrote Blutstropfen blieben an seinen Handschuhen hängen. «Wir haben die Organe untersucht und im Magen etwas gefunden, das wir zuerst nicht einordnen konnten.»

Steiner konnte den starken Verwesungsgeruch trotz der Mentholsalbe wahrnehmen. Er versuchte, sich auf das rohe Fleisch zu konzentrieren, das vor ihm lag.

«Sie werden gleich verstehen, weshalb ich wollte, dass Sie dabei sind.» Brandstätter nahm ein Skalpell in die Hand. «Ich habe die Magenwand bereits durchtrennt.» Er zeigte mit der Spitze des Skalpells auf einen Schnitt im Magen. «Als ich gesehen habe, was der Magen enthält, habe ich Sie sofort angerufen.» Er verlängerte den bestehenden Schnitt. Dann zog er mit beiden Daumen die Öffnung auseinander.

Steiner konnte eine helle, breiartige Masse im Innern des Magens erkennen. «Was ist das?»

«Die Verdauung hatte bereits begonnen, ist aber durch den Tod wieder zum Stillstand gekommen.» Brandstätter zog mit zwei Fingern die breiige Masse heraus und legte sie in eine Schale.

Steiner versuchte, nur kurze Atemzüge zu machen.

Brandstätter begann, den Klumpen zu zerteilen und aufzubrechen. Das Innere war bläulich gefärbt und man konnte einzelne Buchstaben erkennen. Brandstätter fuhr fort mit dem Zerlegen, bis ganze Wörter zu lesen waren.

Als Steiner realisierte, was vor ihm auf dem Tisch lag, entfuhr es ihm: «Mein Gott! Ich kann es nicht glauben.»

Lara starrte Steiner an. «Banknoten?»

«Ich habe sie an die Kriminaltechniker liefern lassen. Die müssen nun herausfinden, wie viele und welche Noten es sind. Vielleicht lassen sich auch Seriennummern erkennen.»

«Hat man ihm das Geld post mortem verabreicht?»

«Nein. Die Verdauung hatte bereits begonnen. Die Noten sind teilweise von der Magensäure angegriffen. Sie kamen also in seinen Magen, als er noch lebte.»

In diesem Moment öffnete ein Polizist die Tür und führte einen kleinen, rundlichen Mann herein. Dieser war Mitte fünfzig, hielt eine Mütze in der Hand, die wenigen Haare auf seinem Kopf waren silbergrau. «Mein Name ist Bojan Mikic», sagte er mit einem deutlichen slawischen Akzent. «Sie wollten mich sprechen.»

Steiner ging auf ihn zu und reichte ihm die Hand. «Bitte, Herr Mikic, nehmen Sie Platz.» Er deutete zum runden Besprechungstisch.

Mikic setzte sich auf einen der vier Stühle. Seine Augen wanderten unruhig im Raum umher.

Steiner und Lara setzten sich an den Tisch.

«Vielen Dank, dass Sie gekommen sind, Herr Mikic», begann Steiner.

Mikic nickte kurz. Er sass bolzengerade auf dem Stuhl und presste die Mütze zwischen seinen Händen.

«Sie haben am letzten Dienstag gegen zweiundzwanzig Uhr beim Restaurant Terrasse einen Fahrgast abgeholt.»

Mikic nickte.

«Sie haben ihn nach Hause gefahren. Ist das richtig?»

Mikic nickte wieder. Er drehte die Mütze in seinen Händen.

«Bitte antworten Sie mit Ja oder Nein.»

Mikic räusperte sich. «Entschuldigung. Ja. Ich meine, ich möchte Ihre Frage mit Ja beantworten.»

«Gut. Können Sie uns etwas über diese Fahrt sagen?»

Mikic blickte nervös von Steiner zu Lara und dann wieder zu Steiner. «Was meinen Sie damit?»

«Haben Sie während der Fahrt mit ihm gesprochen?»

Mikic schüttelte den Kopf. «Nein, wir haben nicht geredet.»

«Ist etwas Aussergewöhnliches vorgefallen?»

Mikic nickte. «Ja. Ich habe ihn hin und wieder im Rückspiegel beobachtet. Plötzlich hat er sich die Hand vor den Mund gehalten. Ich habe sofort angehalten. Er hat die Wagentür geöffnet und sich übergeben.»

«Ist Ihnen sonst noch etwas aufgefallen?»

«Er konnte nicht selbst aussteigen. Deshalb habe ich ihm geholfen. Ich habe ihn gestützt und bis zur Wohnungstür begleitet. Dann habe ich seinen Schlüssel aus der Hosentasche geholt und die Tür aufgeschlossen. Alleine hätte er es nicht geschafft.»

«Vorbildlich, Herr Mikic.»

Mikic lächelte und faltete die Mütze in seinen Händen. «Ach, ich habe schon so viele betrunkene Fahrgäste nach Hause gebracht. Man kann sie doch nicht einfach so hilflos stehen lassen.»

«Hat er noch etwas gesagt, bevor Sie sich von ihm verabschiedet haben?»

Mikic senkte den Kopf. «Er hat etwas gesagt», murmelte er vor sich ihn.

«Ich kann Sie nicht verstehen, Herr Mikic.»

Mikic hob den Blick und sah Steiner an. «Er sagte, dass er seinen Chef umbringen will.»

«Was glauben Sie denn, Herr Mikic, hat er es ernst gemeint?», fragte Lara.

Steiner warf ihr einen warnenden Blick zu. Das war eine Suggestivfrage gewesen.

Mikic schüttelte energisch den Kopf. «Ich glaube nicht, dass er es ernst gemeint hat. Aber selbst wenn er es ernst gemeint hätte: Er hätte es nicht tun können. Nicht in seinem Zustand.»

Steiners Telefon klingelte. «Entschuldigen Sie mich bitte.» Er erhob sich, ging zu seinem Schreibtisch und hob den Hörer ab.

«Frau Keller möchte mit Ihnen sprechen.»

«Gut. Verbinden Sie mich.»

«Hallo, Herr Steiner. Edith Keller. Ich bin die Freundin von Alessandra Rossi.»

«Guten Tag, Frau Keller. Was kann ich für Sie tun?»

«Frau Binelli hat bereits mit mir gesprochen.»

«Ja, ich weiss.»

«Ich habe ihr erzählt, dass ich mit Alessandra an diesem Abend im Kino war.»

«Das weiss ich. Wollen Sie noch etwas ergänzen?»

«Es tut mir leid, aber ich kann es nicht mehr vor meinem Gewissen verantworten.»

«Wie meinen Sie das?»

«Ich habe nicht die Wahrheit gesagt.»

20

Dunkle Wolken hatten sich über der Stadt zusammengezogen.

Der Wetterbericht hatte starke Gewitter vorausgesagt. Steiner fragte sich manchmal, warum die Wetterexperten bei einer schlechten Vorhersage meistens recht behielten, während sie sich bei einer guten öfters irrten. War das Schlechte leichter vorherzusagen?

Trotz der hohen Parkgebühren hatte Steiner den Wagen im Urania-Parkhaus abgestellt. Sie überquerten den Beatenplatz. Die Blätter der Linden rauschten im aufkommenden Wind.

«Hoffentlich schaffen wir es zurück zum Auto, bevor es richtig losgeht», sagte Steiner.

Lara musterte ihn kurz von der Seite. «Du bist doch nicht aus Zucker! Ein bisschen Regen ist doch kein Problem. Zudem soll man davon ja schön werden!»

«Wenn du gesagt hättest, dass man jünger wird ...» Er strich sich die Krawatte zurecht, die ihm über die Schulter geweht worden war, und schloss einen Knopf seines Jacketts.

«Ich bin froh, dass eine Abkühlung kommt. Diese Hitze war ja kaum zum Aushalten», sagte Lara.

Sie hatten den Eingang zum Restaurant Movie erreicht und traten ein. Lara ging voraus und sah sich um. Eine Frau winkte ihr zu.

Lara machte Steiner mit Alessandra Rossi bekannt. Die südliche Herkunft der Frau war unverkennbar. Ihre schulterlangen Haare waren zwar aschblond gefärbt, doch die dichten, schwarzen Augenbrauen verrieten ihre tatsächliche Haarfarbe.

Vor ihr stand bereits ein leeres Glas.

«Nochmals einen Weisswein gespritzt», sagte Alessandra Rossi, als die Bedienung an den Tisch herantrat. Lara bestellte ein Mineralwasser, Steiner ein kleines Bier.

«Danke, dass Sie gekommen sind», eröffnete Steiner das Gespräch.

Alessandra Rossi nickte. «Es war ein Fehler von mir, Edith mit hineinzuziehen. Ich hätte das nicht tun dürfen.» Ihr Blick schweifte durch das Lokal. «Aber ich war verzweifelt.»

«Also gut. Dann erzählen Sie uns doch einfach, wo Sie wirklich waren an diesem Abend.»

«Ich bin seit zwei Jahren verheiratet. Ich liebe meinen Mann über alles.»

Die Bedienung brachte die Getränke an den Tisch.

Alessandra Rossi nahm einen grossen Schluck aus ihrem Glas und wartete, bis die Bedienung verschwunden war. «Ich war mit einem anderen Mann zusammen.» Sie senkte verlegen den Kopf.

«Frau Rossi, mit wem Sie sich treffen und weshalb, spielt für uns keine Rolle. Wir wollen nur wissen, wo Sie an diesem Abend waren. Kann der Mann Ihre Aussage bestätigen?»

«Ich habe ihn im Indochine kennengelernt. Edith und ich sind oft dort. An diesem Abend musste sie früher nach Hause. Er heisst Ernesto. Ist etwa eins achtzig gross. Hat dunkle Haare. Wir haben in seinem Wagen ...»

«Mehr wissen Sie nicht von ihm?», fiel Steiner ihr ins Wort.

«Mehr weiss ich nicht von ihm.»

«Sie haben Ihre Freundin dazugebracht, eine Falschaussage zu machen. Dafür könnte Ihre Freundin belangt werden, ist Ihnen das bewusst?», fragte Lara.

«Es war ein Fehler. Es tut mir leid.»

Steiner sah sich im Lokal um.

Da entdeckte er sie.

Sie hatte ihm den Rücken zugewandt. Sie trug die pinkfarbene Bluse, die sie nur zu besonderen Anlässen anzog. Ihr gegenüber sass ein Mann. Steiner schätzte ihn auf Mitte vierzig. Er hatte dunkles, an den Schläfen ergrautes Haar und einen Dreitagebart.

«Marc, dein Handy klingelt.»

Er brauchte einen Moment, um zu realisieren, was Lara gerade gesagt hatte. Er entschuldigte sich und ging vor die Tür des Lokals.

«Da hast du mir ja was Appetitliches zur Analyse zukommen lassen!»

«Was?», fragte Steiner. Er war in Gedanken noch immer bei Erika und dem Mann.

«Die Banknoten aus dem Magen des Toten.»

«Aha.»

«Was ist los mit dir? Ist alles in Ordnung?»

«Ja, ja, alles in Ordnung.»

«Das nächste Mal könntest du mich wenigstens vorwarnen, wenn du wieder eine solche Überraschung für uns hast. Übrigens frage ich mich, ob ich mich mit der Untersuchung dieser Probe strafbar gemacht habe.»

«Strafbar? Wie meinst du das?»

«Na, wegen Geldwäscherei. Ich musste die Noten doch reinigen.»

Steiner antwortete nicht. Er starrte in die Baumkronen hinauf, deren Äste im Wind hin- und herwiegten.

«Hallo, bist du noch da?», fragte Amberg.

«Äh, ja. Ich bin da.»

«Interessant ist, dass dieses spezielle Papier, das für den Druck der Noten benutzt wird, relativ resistent gegen Säure zu sein scheint. Trotzdem, es war eine aufwendige Puzzlearbeit, denn die Scheine wurden zerrissen, bevor sie gegessen wurden. Aber wir konnten sie mehr oder weniger wieder zusammensetzen. Sie sind zwar nicht in einem Zustand, dass du damit in einen Laden gehen und etwas bezahlen könntest, aber immerhin.»

«Gut.»

«Willst du nicht wissen, wie viele Noten es waren?»

«Wie viele?»

«Es waren genau hundert. Hundert Tausendernoten.»

«Tausendernoten?»

«Genau. Ich habe den Eindruck, du bist heute nicht ganz bei der Sache.»

Steiner beendete das Gespräch. Er spürte einen Regentropfen auf seinem Gesicht.

Lara kam aus dem Lokal heraus. «Wer war das?»

«Was?» Steiner sah Lara verwirrt an.

«Mit wem hast du gerade gesprochen?» Sie zeigte auf das Handy, das er noch immer in der Hand hielt.

«Ach, das war Amberg. Es waren hundert Tausendernoten in Lachers Magen.»

Lara pfiff durch die Zähne. «Der muss sein Geld zum Fressen gern gehabt haben.»

Regentropfen zerplatzten auf den warmen Pflastersteinen vor ihren Füssen.

Als sie aus dem Parkhaus fuhren, prasselte der Regen gegen die Windschutzscheibe. Sie hielten gerade vor einer Ampel, als Steiners Pager piepte.

Er blickte auf das Display. «Es ist die Einsatzzentrale. Kannst du zurückrufen?»

Lara kramte das Handy aus ihrer Hosentasche und wählte die Nummer. «Binelli. Sie wollen Marc Steiner?» Sie hörte gespannt zu. «Okay», sagte sie schliesslich. «Wir sind schon unterwegs.»

«Unterwegs? Wohin?», fragte Steiner erstaunt.

«Zum Hönggerberg. Eine zweite Leiche.»

21

Steiner blickte durch die verregneten Scheiben. Der Waldrand war als schwarze Wand zu erkennen. «Ich schlage vor, dass du hier im Auto wartest, sonst wirst du völlig durchnässt werden.»

«Kommt überhaupt nicht in Frage. Ich komme mit», entgegnete Lara.

Steiner stieg aus und suchte im Kofferraum nach seinen Regensachen. Er hatte stets ein Paar Stiefel und einen Regenschutz dabei. Als er beides hervorholte, zog er auch Erikas Regenjacke heraus. Er hatte sie vor einigen Jahren für sie gekauft. Damals hatte er sich vorgenommen, regelmässig mit Erika wandern zu gehen. Wie oft hatte er sich Zeit genommen dafür?

Er warf die Regenjacke zu Lara nach vorne. «Hier, die kannst du anziehen. Stiefel habe ich leider keine für dich.»

Es regnete immer noch in Strömen, als sie den Parkplatz der Schiessanlage überquerten. Steiner ging mit langen Schritten voraus. Auf dem Feldweg hatten sich grosse Pfützen gebildet. Einmal blickte sich Steiner nach Lara um. Ihre weissen Sportschuhe schienen schon durchnässt zu sein. Die Kapuze hatte sie tief ins Gesicht gezogen. Die Ärmel der Jacke waren ihr zu lang, sie sah aus wie ein Kind, dem die Eltern die Kleidung absichtlich ein paar Nummern zu gross gekauft hatten, damit es noch hineinwachsen konnte.

Ein rot-weisses Absperrband vor dem Waldrand zeugte davon, dass hier ein Verbrechen geschehen war. Aber kein uniformierter Polizist stand Wache.

Im Innern des Waldes schirmten die hohen Baumkronen den Regen etwas ab. Nach etwa hundert Metern führte ein Absperrband nach rechts tiefer in den Wald hinein. Sie folgten dem markierten Pfad, der wie eine Schlangenlinie zwischen dichten Tannen hindurchführte. Es roch nach feuchter Erde. Unvermittelt öffnete sich vor ihnen eine kleine Lichtung, auf der Gestalten in weissen Overalls gerade damit beschäftigt waren, ein Zelt zu errichten.

Steiner und Lara blieben stehen. Jemand rief ihnen etwas zu, das nicht besonders freundlich klang. Steiner konnte durch seine Kapuze hindurch und wegen des Geräuschs des Regens nichts verstehen. Eine gross gewachsene Gestalt trat energisch zu ihnen heran. «Was wollen Sie hier? Sind Sie von der Presse?»

«Nein, Herr Amberg», gab Steiner zurück.

«Entschuldige, ich habe euch nicht erkannt. Diese Medienleute haben keine Hemmungen.»

«Keine Angst», entgegnete Steiner. «Bei diesem Wetter verirrt sich wohl keiner von denen hierher.»

Amberg nickte. Wasser tropfte ihm die Nase hinunter. «Verdammtes Sauwetter! Ausgerechnet heute muss dieses Gewitter aufziehen. Bei solchen Gelegenheiten überlege ich mir manchmal, ob ich mir einen anderen Job suchen soll.»

«Wir suchen noch Verstärkung für unser Team», schlug Steiner vor.

«Gott bewahre! Mellinger als Chef? So ein schlimmes Unwetter kann es gar nicht geben.»

Steiner lachte. «Über das Wetter und die Vorgesetzten haben wir jetzt gesprochen. Dann können wir uns einem anderen Thema widmen.» Er deutete mit dem Kopf zum Zelt hinüber.

Amberg rümpfte die Nase. «Die Leiche ist in ziemlich schlechtem Zustand. Sieht aus, als liege sie schon mehrere Wochen hier.»

«Wer hat die Leiche gefunden?»

«Ein Förster. Der sitzt jetzt in der Schützenstube.»

«Also, werfen wir mal einen Blick auf den Toten.»

Amberg ging voraus. Vor dem Zelt blieb er stehen. «Das Zelt dürft ihr noch nicht betreten.» Er zog den Stoff des Eingangs zur Seite. Grosse Tropfen landeten in unregelmässigen Abständen auf dem Zeltdach.

Steiner beugte sich vor. Das Erste, was er wahrnahm, war der Anzug. Der Stoff schien noch immer in gutem Zustand zu sein. Ganz im Gegensatz zum Toten. Dieser lag auf dem Bauch. Der Kopf war zur Seite gedreht, dunkle Augenhöhlen starrten ihn an. Der Schädel sah aus, als wäre er feinsäuberlich gereinigt worden. Er schimmerte gelblich im düsteren Licht. Nur auf dem Scheitel waren noch ein paar Hautfetzen mit Haarbüscheln zu erkennen. Die Hände, welche aus den Ärmeln ragten, bestanden fast nur noch aus den Knochen.

«Wildtiere», erklärte Amberg.

Steiner machte Lara Platz. Sie schob die Kapuze etwas nach hinten, ihre schwarzen Haarlocken traten hervor. Nach einer Weile nickte sie, zur Bestätigung, dass sie genug gesehen habe.

«Gut», sagte Steiner. «Wir gehen in die Schützenstube und sprechen mit dem Förster.»

Am Stammtisch in der Ecke sassen vier Männer. An einem Tisch auf der gegenüberliegenden Seite sass ein Mann in einem grünen Flanellhemd. Ein Schnapsglas stand vor ihm, neben dem Glas lag ein Hut.

Steiner und Lara traten zum Mann hin. «Haben Sie den Toten gefunden?», fragte Steiner.

Die Männer am Stammtisch verstummten.

Steiner dämpfte seine Stimme. «Sie sind der Förster?»

Der Mann nickte. Der Schreck schien ihm noch immer in den Gliedern zu stecken.

«Ich trinke eigentlich nicht, wenn ich arbeite. Aber heute musste ich etwas Stärkeres haben», sagte er, als sich Steiner und Lara gesetzt hatten.

«Wie ist Ihr Name?»

«Schär, Jakob Schär.» Er sprach leise und spähte zum Stammtisch hinüber. «Ich habe schon viele tote Tiere gefunden. Aber einen Menschen ...» Er schüttelte den Kopf.

«Wie sind Sie auf die Leiche gestossen?», wollte Steiner wissen.

«Ich war unterwegs, um Bäume zu markieren.»

«Wir haben den Fund also dem Zufall zu verdanken.»

Schär drehte das Glas zwischen seinen Fingern. «So ganz dem Zufall auch wieder nicht.»

«Wie meinen Sie das?»

«Ich habe von dieser anderen Leiche gehört, die man letzte Woche hier gefunden hat. Da war ich natürlich besonders aufmerksam. Ich hätte aber nie gedacht ...»

Die Tür ging auf und zwei Männer betraten das Lokal. Beide trugen weisse Overalls. Es war gespenstisch still, als sich die beiden aus ihren Schutzkleidern schälten. Wasser tropfte auf den Boden.

«Das ging aber schnell heute!», sagte Steiner zu Brandstätter und Denzler, die sich nun zu ihnen setzten. «Ob das wohl am Wetter liegt?» Er schmunzelte.

Brandstätter holte ein Taschentuch hervor und trocknete seine Brillengläser. «Alles, was ich hier draussen machen kann, kann ich genauso gut auch im Obduktionssaal machen», rechtfertigte er sich.

«Brauchen Sie mich noch?», fragte Schär. Er fühlte sich sichtlich unwohl zwischen so vielen unbekannten Gesichtern.

«Nein», antwortete Steiner. «Vielen Dank, dass Sie auf uns gewartet haben.»

Schär hob die Hand in Richtung Kellnerin.

«Ist schon in Ordnung!», sagte Steiner. «Das übernehme ich.»

Schär bedankte sich mit einem Kopfnicken, setzte seinen Hut auf, nahm den Regenmantel von der Garderobe und verliess das Lokal.

«Und Sie mussten auch ausrücken», wandte sich Lara an Denzler.

«Ja», sagte der und legte ein paar Kunststoffröhrchen auf den Tisch. Sie waren mit feuchter Erde gefüllt.

«Was ist da drin?», fragte Lara und nippte an ihrem Tee.

«Das sind Puppenhüllen von Fliegen, die ich neben der Leiche gefunden habe.» Er hob eines der Röhrchen und klopfte mit dem Finger dagegen. «Sehen Sie hier!» Er zeigte mit dem Finger auf ein braunes, ovales, etwa einen halben Zentimeter grosses Objekt, das durch die dunkle Erde schimmerte. «Das sind Tönnchenpuppen. Einige Fliegen

114

sind schon geschlüpft, das sieht man daran, dass die Tönnchen am schmalen Ende aufgebrochen sind.»

«Was machen Sie jetzt damit?», wollte Lara wissen.

«Ich züchte die noch vollen Puppen, bis die Imago schlüpft, damit ich sie bestimmen kann. Es handelt sich um die Gattung Lucilia. Die Art kann ich aber noch nicht sicher benennen.»

«Wie lange kann die Leiche dort gelegen haben?», fragte Steiner.

Denzler lächelte. Er schien den Auftritt zu geniessen. «Einige Fliegen sind wie gesagt bereits geschlüpft. Ich gehe aber davon aus, dass das erst kurz vor dem Unwetter erfolgt ist.» Er runzelte die Stirn, als müsste er überlegen. «Wenn ich zur Entwicklungszeit der Larven, die je nach Temperatur und Luftfeuchtigkeit sieben bis zehn Tage dauert, die Entwicklungszeit der Puppen von etwa zwei Wochen dazurechne, dann ergibt das drei bis vier Wochen.»

«Bin gespannt, ob der auch Geldnoten gegessen hat», sagte Steiner und machte der Kellnerin ein Zeichen, dass er zahlen wolle.

22

Wer war dieser Mann, mit dem Erika sich getroffen hatte? Steiner stand am offenen Fenster und sah auf den mit Gras bewachsenen Kasernenhof hinunter.

Er wurde aus seinen Gedanken gerissen, als Lara ins Büro kam.

«Der Tote im Wald wird offenbar nicht vermisst», sagte sie, dann sah sie Steiner ernst an. «Geht es dir nicht gut?»

«Mir geht's gut.»

«Ich war bei der Personenfahndung», erklärte sie. «Wir haben alle Anzeigen der letzten drei Monate überprüft.

Aber wir fanden keine einzige, die auf den Toten passt. Ist das nicht merkwürdig? Ein Mann liegt einen Monat tot in einem Wald und niemand vermisst ihn.»

«Das ist gar nicht so ungewöhnlich», entgegnete Steiner. «Es gibt immer wieder Fälle, in denen Menschen, die schon seit Monaten tot sind, in ihren Wohnungen gefunden werden. Und niemand hat sie vermisst.»

Lara schüttelte sich. «Da bekomme ich eine Gänsehaut. Stell dir vor, du liegst zuhause gemütlich in deinem Bett und auf der anderen Seite der Wand sitzt ein Toter in seinem Stuhl und verwest still vor sich hin.»

Steiner lächelte. «Du hast eine ziemlich ausgeprägte Fantasie.» Sein Telefon läutete. Er eilte zu seinem Schreibtisch und meldete sich.

«Im Wald wird ein zweiter Toter gefunden und ich erfahre nichts davon.» Mellingers Stimme klang gereizt. «Wann wollten Sie mich darüber informieren? Sollte ich es in der Zeitung lesen?»

«Ich wollte …»

«Ich erwarte Sie in meinem Büro, und zwar sofort.» Die Verbindung war unterbrochen.

Mellinger kam gleich auf den Punkt, ohne Steiner einen Stuhl anzubieten. «Ich habe Verständnis, dass Sie mit Ihren Berichten im Rückstand sind.» Er blies Rauch aus und zerdrückte einen Zigarettenstummel im Aschenbecher. «Aber ich erwarte, dass Sie mich wenigstens mündlich auf dem Laufenden halten.»

Steiner sagte nichts.

«Also, wer ist dieser zweite Tote?»

«Das wissen wir noch nicht. Die Überprüfung der Vermisstenanzeigen war negativ.»

Mellinger schüttelte den Kopf. «Womit haben wir es hier zu tun? Mit einem Serienmörder?»

«Wir haben noch keine Beweise, dass es sich um den gleichen Täter handelt.»

«Das liegt doch auf der Hand. Der Kerl hat sich diesen Wald als Deponie für seine Opfer ausgesucht.» Mellinger tippte mit dem Finger auf die Schreibtischunterlage. «Ich will, dass der Wald durchsucht wird, und zwar Zentimeter für Zentimeter.»

Steiner nickte.

«Morgen um zehn gibt's eine Medienkonferenz. Bis dahin will ich sicher sein, dass keine weiteren Leichen im Wald herumliegen.» Mellinger beugte sich vor. «Und ich will, dass Sie mich morgen um neun über den aktuellen Stand informieren.»

«Du sollst Brandstätter zurückrufen», sagte Lara, als Steiner wieder ins Büro trat.

«Was wollte er?»

Lara zuckte mit den Schultern. «Keine Ahnung. Mir hat er nichts gesagt. Wie war das Gespräch mit Mellinger?»

«Er will, dass der Wald nach weiteren Leichen abgesucht wird. Kannst du das veranlassen?»

«Okay.»

«Sie sollen auch Spürhunde einsetzen», ergänzte Steiner. Er wählte die Direktnummer von Brandstätter.

«Ich habe die Leiche untersucht», meldete sich der Rechtsmediziner, «und wollte Sie sofort informieren.» Er machte eine kurze Pause: «Diesmal konnte ich keine Geldnoten finden.»

«Wurde der Mann erdrosselt?»

«Die Verwesung ist ja weit fortgeschritten. Ich konnte keine eindeutigen Hinweise finden.»

«Fesselungsspuren?»

«Auch da muss ich Sie enttäuschen.» Brandstätter räusperte sich. «Ich habe inzwischen den Staub untersucht, den wir unter den Fingernägeln der ersten Leiche gefunden haben. Der Staub ist eine Mischung aus Zement und Sand. Er könnte von einer Betonoberfläche stammen. Eine Probe habe ich an die kriminaltechnische Abteilung weitergeleitet. Ausserdem habe ich noch einen Schimmelpilz gefunden. Eine sehr seltene Art. Eine Probe geht an einen Spezialisten des Instituts für Pflanzenwissenschaften der ETH.»

Die Tür wurde geöffnet und Amberg trat ein. Steiner bedeutete ihm, sich auf den Besucherstuhl zu setzen.

«Das ist noch nicht alles», fuhr Brandstätter fort.

«Tatsächlich? Ist auch noch die AHV-Nummer des Toten auf einem Knochen eingraviert?»

«Das nicht», meinte Brandstätter, «aber auch die zweite Leiche hatte den Staub unter den Fingernägeln.»

«Lassen Sie mich raten: Sie haben auch den seltenen Schimmelpilz gefunden?»

Brandstätter lachte. «Der Kandidat hat hundert Punkte!»

Steiner legte den Hörer auf. «Wir haben eine erste Verbindung zwischen den beiden Toten!»

«Nicht nur eine», entgegnete Amberg und legte einen Kunststoffbeutel vor Steiner auf den Schreibtisch.

«Was ist das?» Steiner holte seine Lesebrille hervor.

Lara hatte sich danebengestellt. «Sieht nach Stofffasern aus», sagte sie.

«Violette Fasern aus hundertprozentiger Schafwolle. Wie bei Lacher», erläuterte Amberg.

«Gute Arbeit!», lobte Steiner. «Aber wie ich dich kenne, ziehst du gleich noch ein weiteres Ass aus dem Ärmel.»

Amberg schmunzelte und legte noch einen Plastikbeutel auf den Tisch. «Die gleiche Krawattennadel wie bei Lacher. Sterlingsilber. Ein Ornament, das aussieht wie ein S.»

Steiner nahm die Nadel aus dem Beutel. Sie war tatsächlich identisch.

118

Dann schlug er sich mit der flachen Hand auf die Stirn. Er zog die Schublade seines Schreibtischs heraus und kramte nervös darin herum.

«Was suchst du?», fragte Lara.

«Wo ist sie nur?» Er öffnete eine zweite Schublade und suchte weiter. Dann zog er eine Visitenkarte heraus. «Ich wusste es», stiess er hervor.

Lara beugte sich zu ihm hinunter. «Die Visitenkarte von Frau Tinguely.»

Mit einem triumphierenden Lächeln legte Steiner die Karte vor sich auf den Schreibtisch. «Ich wusste, dass ich das S auf der Krawattennadel schon irgendwo gesehen habe.» Er tippte mit dem Zeigefinger auf die Karte. «Nur handelt es sich nicht um ein S.»

«Sondern um einen Schwan», bestätigte Lara, die die Visitenkarte in die Hand nahm und genau betrachtete.

Steiner nickte. «Das Logo der Privatbank Zürich.»

«Du meinst, der Tote war auch ein Angestellter dieser Bank?», fragte Amberg.

«Fragen wir doch Frau Tinguely!» Steiner hob den Hörer ab und wählte die Nummer.

«Steiner, Kantonspolizei. Frau Tinguely, eine Krawattennadel mit einem Schwan – sagt Ihnen das etwas?»

Nicole Tinguely lachte kurz. «Ja, selbstverständlich. Ein Geschenk der Geschäftsleitung an die Direktoren der Bank, und zwar ab Stufe Vizedirektor.»

«Wann wurde die Krawattennadel verschenkt?»

«Vor zwei Jahren. Wir feierten das hundertjährige Bestehen unserer Bank. Mit diesem Geschenk wollte die Geschäftsleitung die ausserordentliche Leistung des Managements auszeichnen. Warum fragen Sie danach?»

«Wir haben die Nadel bei zwei Toten gefunden.»

Einen Moment war es still. «Bei *zwei* Toten?»

«Wir haben eine zweite Leiche gefunden.»

«Um wen handelt es sich denn?»

«Das wissen wir noch nicht. Können Sie bitte abklären, ob einer Ihrer Direktoren seit etwa vier Wochen nicht mehr zur Arbeit erschienen ist. Bitte unabhängig davon, ob entschuldigt oder unentschuldigt!»

«Seit vier Wochen?» Sie klang nervös. «Ich kläre es sofort ab und rufe zurück.»

Amberg erhob sich. «Ich muss zurück ins Labor. Bitte informiert mich, wenn es Neuigkeiten gibt.» Er nahm die beiden Beutel wieder an sich und verliess das Büro.

«Wie ist es möglich», fragte Lara, «dass jemand weder von seiner Familie noch vom Arbeitgeber vermisst wird?»

«Dafür gibt es bestimmt eine Erklärung. Warten wir ab, bis die Personalchefin zurückruft.»

Wie auf ein Stichwort klingelte Steiners Telefon.

«Es muss Arno Lehmann sein», sagte Nicole Tinguely. «Er hat sechs Wochen Ferien eingegeben.»

«Seit wann ist er abwesend?»

«Seit fünf Wochen.»

«Hat er Familie?»

Tinguely schien einen Moment zu zögern. «Nein, er ist nicht verheiratet.»

«Lebt er allein?»

«Das weiss ich nicht. Wir haben nur die für uns relevanten Personaldaten.»

«Können Sie mir jemanden nennen, der ihn gut kennt?»

«Hm.» Sie schien zu überlegen. «Oliver Brenner. Das ist sein Stellvertreter.»

«Ja bitte, Sie wünschen?» Der ältere Herr beim Empfang der Privatbank Zürich lächelte Steiner freundlich an.

«Ich bin mit Herrn Brenner verabredet.»

«Wen darf ich melden?»

«Steiner ist mein Name.»

Der Portier wählte eine Nummer und meldete den Besuch. Dann nickte er und legte den Hörer auf. «Herr Brenner kommt sofort.»

«Danke.» Steiner sah sich in der Eingangshalle um. Die Wände waren weiss gestrichen. Kein einziges Bild war aufgehängt. Die höchste Form der Diskretion, dachte er.

Der Gong des Aufzugs ertönte, die Tür öffnete sich und ein Mann Mitte dreissig trat heraus. Er trug einen dunkelblauen Anzug und ein weisses Hemd, dazu eine pinkfarbene Krawatte.

Der Mann reichte Steiner die Hand. «Brenner. Guten Tag, Herr Steiner. Was kann ich für Sie tun?»

Steiner deutete auf eine Tür. «Können wir ins Besprechungszimmer gehen?»

Brenner schien überrascht. «Sie sind offenbar nicht das erste Mal hier.»

«Es geht um Arno Lehmann», begann Steiner, als sie sich gesetzt hatten. «Sie waren sein Stellvertreter, ist das so?»

«Waren?»

«Wir haben einen Toten gefunden, bei dem es sich um Arno Lehmann handeln könnte.»

«Das ist nicht möglich. Arno ist auf einer Rundreise durch Südamerika.»

«Wie gut kannten Sie ihn?»

Brenner lehnte sich vor. «Sie sprechen schon wieder in der Vergangenheit über ihn.»

«Ich kann auch in der Gegenwart über ihn sprechen, wenn Ihnen das lieber ist.»

Brenner lehnte sich langsam zurück. «Was wollen Sie wissen?»

«Kennen Sie ihn auch privat?»

Brenner fixierte Steiner mit seinen stechend blauen Augen. «Ja, wir kennen uns schon seit der Rekrutenschule. Ich habe ihm diesen Job hier zu verdanken.»

«Lebt er allein?»

«Ja, er lebt allein. Er macht sich nichts aus einer festen Bindung.» Brenner schmunzelte.

«Warum schmunzeln Sie?»

«Arno ist kein Kostverächter.»

«Ein Frauenheld?»

«Das kann man sagen!» Brenner grinste. «Einmal hat ihn ein eifersüchtiger Ehemann windelweich geschlagen.»

«Kennen Sie den Namen des Mannes?»

Brenner schüttelte den Kopf. «Nein, aber er hat Arno gedroht, dass er ihn erwürge, falls er ihm nochmals über den Weg laufe.»

23

Die Espressomaschine auf dem Aktenschrank neben Laras Schreibtisch war das Erste, was Steiner ins Auge stach, als er das Büro betrat. «Was ist denn das?»

«Sieht aus wie eine Espressomaschine», gab Lara zur Antwort.

«Und woher kommt die?»

«Die kommt von mir. Da ich hier mehr Kaffee trinke als bei mir zuhause, habe ich sie hier aufgestellt. Ich habe diese undefinierbare Brühe aus unserem Kaffeeautomaten satt. Willst du einen?»

«Da sage ich nicht Nein.»

Sie nahm eine Kapsel aus einer Verpackung, legte sie in die Maschine und drückte einen Knopf. «Nur dass keine falschen Vorstellungen entstehen», erklärte sie. «Der erste Kaffee wird serviert. Nachher gibt's Selbstbedienung.»

«Tassen hast du auch! Das ist ja der reine Luxus!»

«Wennschon, dennschon!»

«Hast du Neuigkeiten in Sachen Lehmann?»

Lara beobachtete, wie der Kaffee in die Tasse lief. «Wir wissen jetzt mit Sicherheit, dass es sich bei dem Toten um Lehmann handelt. Ich habe die Röntgenaufnahmen seines Zahnarztes der Rechtsmedizin zum Vergleich übergeben.»

«Wie bist du auf seinen Zahnarzt gekommen?»

«Ich habe bei der Bank nachgefragt. Die bieten ihren Direktoren gratis einen Zahnarzt an. Verrückte Welt! Dann habe ich mich bei den Fluggesellschaften erkundigt, ob ein Arno Lehmann einen Flug gebucht habe.»

Steiner nickte. «Und?»

«Er hat bei Swiss einen Flug nach Santiago de Chile gebucht, ist aber am Tag des Abflugs nicht erschienen.» Sie nahm die Tasse aus der Maschine und reichte sie Steiner.

Steiner erkannte ihn durch die grossen Fenster, noch bevor er hinaus in den Park trat. Ein geteerter Weg führte vorbei an Rosenbeeten und unter hohen, schattigen Bäumen hindurch.

Als Steiner näher kam, wandte Tom den Kopf und er lächelte. Sein Händedruck war kraftlos. «Hallo, Partner. Was machst denn du hier?»

Steiner überreichte ihm eine kleine, farbige Schachtel. «Frisch von Sprüngli.»

Toms Augen leuchteten. «Luxemburgerli! Vielen Dank!»

«Wie geht's dir?», wollte Steiner wissen.

«Komm», sagte Tom. «Dort vorn ist eine Bank.»

«Ich schiebe dich», schlug Steiner vor.

Tom hob abwehrend die Hände. «Lass das bitte, ich brauche keine Hilfe.»

Steiner nickte. «Klar. Kein Problem.»

Tom schob an den Rädern und der Rollstuhl setzte sich in Bewegung.

«Was macht die Therapie?», fragte Steiner, als sie die Bank erreicht hatten.

«Wir kommen langsam vorwärts.» Es klang nicht besonders überzeugend.

«Wie lange wollen sie dich noch behalten?»

«Vermutlich einen Monat. Robert kümmert sich zurzeit darum, die Wohnung rollstuhlgängig zu machen.»

«Das sind ja gute Neuigkeiten.»

Tom starrte auf seine unbeweglichen Beine.

«Tom», sagte Steiner, «was damals geschehen ist … ich habe …»

Tom legte Steiner eine Hand auf das Knie. «Dich trifft keine Schuld. Das habe ich dir doch schon oft gesagt. Schuld ist dieser Idiot, der mich gerammt hat.»

«Hätte ich dich in jener Nacht nicht zum Tatort gerufen, dann …»

«Du kannst nichts dafür, verstanden?» Toms Stimme wurde lauter. «Das Schicksal wollte es so.»

Steiner schwieg eine Weile. «Tom, wir suchen erfahrene Ermittler», sagte er schliesslich. «Willst du dir das nicht noch einmal überlegen?» Er beugte sich zu Tom vor. «Wir könnten dich gut gebrauchen. Du bist ein guter Ermittler.»

Tom hob den Kopf und sah Steiner in die Augen. «Und was soll ich tun? Die alten Akten abstauben? Den Kaffee servieren? Ich bin an diesen Rollstuhl gefesselt. Das wird sich niemals ändern.»

«Du weisst, dass ein grosser Teil der Ermittlungsarbeit am Schreibtisch erledigt werden muss. Diese Arbeit ist genau so wichtig wie jene draussen. Bitte überleg es dir noch einmal!»

Tom nickte. «Ich werde es mir überlegen. Aber eines musst du mir versprechen.»

«Ja, was denn?»

«Den Kaffee holst du dir gefälligst selbst, verstanden?»

Steiner lachte und reichte ihm die Hand. «Versprochen!»

Steiner hielt neben der Reihe wartender Taxis auf dem Bahnhofplatz.

Ein Taxifahrer stieg aus und klopfte ans Seitenfenster.

Steiner liess die Scheibe herunter.

«Haben Sie keine Augen im Kopf?», sagte der Taxifahrer mit aufgebrachter Stimme und zeigte auf das Schild am Strassenrand.

Steiner antwortete nicht, sondern hielt ihm den Dienstausweis hin. Der Taxifahrer hob entschuldigend die Hände und ging zu seinem Wagen zurück.

Da klopfte jemand an das andere Seitenfenster. Eine Frau Mitte vierzig sah herein. Sie trug eine Sonnenbrille.

Steiner beugte sich hinüber und öffnete die Beifahrertür.

«Herr Steiner?», fragte sie.

Steiner nickte. «Bitte steigen Sie ein, Frau Baldegger.»

Sie sah sich nervös um, stieg ein und schloss die Tür. «Können Sie bitte sofort losfahren?»

Steiner startete den Motor und fuhr los. Bei der nächsten Ampel musste er vor dem Rotlicht anhalten.

Frau Baldegger holte etwas aus ihrer Handtasche hervor. «Das habe ich erhalten!» Sie hielt ihm einen Brief hin.

«Bitte halten Sie ihn für mich. Fingerabdrücke, Sie verstehen», erklärte Steiner und las den Text: *Ihr Mann lebt. Wenn das so bleiben soll, dann halten Sie 100 000 Franken bereit. In Tausendernoten. Weitere Anweisungen folgen. Keine Polizei!*

Der Brief war auf normales A4-Papier gedruckt. Offensichtlich auf einem Tintenstrahldrucker.

«Wann haben Sie den Brief erhalten?»

«Heute Morgen. Ich habe sofort die Polizei angerufen.»

«Das haben Sie gut gemacht», lobte Steiner. «Warum haben Sie eigentlich mich verlangt?»

«Sie leiten doch die Ermittlungen im Mordfall Lacher. Mein Mann arbeitet auch bei der Privatbank Zürich.»

Steiner sah sie überrascht an. Da hupte es. Die Ampel hatte auf Grün geschaltet.

«Ich habe Angst um meinen Mann.»

Steiner fuhr los. «Machen Sie sich keine Sorgen, Sie haben richtig gehandelt.» Er blickte kurz in den Rückspiegel. «Seit wann ist Ihr Mann verschwunden?»

«Seit drei Tagen.»

«Sie haben ihn nicht als vermisst gemeldet?»

Ihre Stimme zitterte. «Ich dachte, er sei in Boston. Er war mit der Fusion beschäftigt. Als heute dieser Brief kam, habe ich in der Bank angerufen.» Sie begann zu schluchzen.

«Bitte beruhigen Sie sich.» Steiner legte die Hand auf ihren Unterarm. «Noch ist nichts verloren. Was hat man Ihnen in der Bank gesagt?»

Sie brauchte einen Moment, um sich wieder zu fangen. «Er habe sich vor drei Tagen krankgemeldet.»

Steiner hielt an einer Tankstelle und stellte den Motor ab. «Frau Baldegger, wir werden dafür sorgen, dass Ihr Mann gut aus dieser Sache herauskommt.»

Sie schluchzte wieder und nickte.

Steiner nahm aus dem Handschuhfach eine Packung Papiertaschentücher und reichte sie ihr.

«Was können wir denn jetzt tun?» Sie nahm die Brille ab und tupfte sich die geröteten, mit Mascara verschmierten Augen.

«Wir werden Ihr Telefon überwachen.» Er notierte seine Handynummer auf der Rückseite seiner Visitenkarte. «Rufen Sie mich an, wenn sich die Entführer melden.»

«Sie wünschen?», kam es aus der Gegensprechanlage.

Steiner hob den Kopf und blickte in das Kameraauge über ihm. «Steiner und Binelli, Kantonspolizei. Wir möchten mit Frau Lacher sprechen.»

Ein Summton ertönte. Steiner drückte die Türklinke.

Im Wohnzimmer wurden Sie von der Hausherrin persönlich empfangen. «Tut mir leid, ich habe nicht viel Zeit. Ich erwarte Besuch.»

Steiner kam gleich zur Sache. «Warum haben Sie uns verschwiegen, dass Sie mit einer Geldforderung erpresst wurden?»

Lara warf ihm einen überraschten Blick zu.

«Wie bitte?» Esther Lacher schien völlig überrumpelt. Sie liess sich in einen Fauteuil sinken.

Steiner beugte sich zu ihr hinunter. «Sie haben uns wichtige Informationen vorenthalten.»

«Ich hatte Angst!»

«Wovor?»

«Dass sie meinen Mann umbringen!»

Steiner blickte zu Lara und nickte. Sein Coup war gelungen.

«Wie hoch war das Lösegeld?»

«Hunderttausend.»

«In Tausendernoten?»

Sie sah Steiner überrascht an. «Woher wissen Sie das?»

«Wie ist die Erpressung abgelaufen?»

«Ich erhielt einen Brief, in dem ich angewiesen wurde, hunderttausend Franken in Tausendernoten bereitzuhalten. Dann riefen sie mich an. Ich musste das Geld in einem Rucksack nachts an einer Bushaltestelle in den Abfalleimer werfen.»

«Und das haben Sie getan?»

«Ja. Es ging doch um das Leben meines Mannes.»

«Sie haben uns erzählt, ihr Mann sei manchmal tagelang nicht nach Hause gekommen, weil er Affären hatte. Das war gelogen, nicht wahr?», fragte Lara.

Esther Lacher nickte und verbarg ihr Gesicht in den Händen. «Es tut mir leid.» Sie schluchzte. «Ich habe das

Geld doch bezahlt. Warum haben sie ihn trotzdem getötet?»

24

«Sie ist jetzt bei der Station angekommen», flüsterte Steiner ins Mikro und drückte das Headset besser ins Ohr. Er hob das Nachtsichtgerät wieder an seine Augen und beobachtete die Gestalt, die auf den Abfalleimer zuging.

Sie hatten jede mögliche Reaktion der Entführer mit den Observationsspezialisten besprochen und die entsprechenden Massnahmen definiert. Die Auswertung der Telefonüberwachung hatte nicht viel ergeben. Der Anruf war von einem öffentlichen Anschluss im Hauptbahnhof gekommen, der Mann hatte ohne Akzent gesprochen. Frau Baldegger sollte einen Rucksack mit dem Lösegeld um dreiundzwanzig Uhr bei der Station Ringlikon der Uetlibergbahn im Abfalleimer deponieren.

Mithilfe einer Verfügung der Staatsanwaltschaft hatte Katharina Baldegger das Geld von der Bank abheben können. Die Seriennummern waren registriert worden, den Rucksack hatte man mit einem GPS-Sender ausgestattet.

Es gab mehrere Wege, die zur Station führten, Spazierwege, die in ein Netz von Waldwegen rund um und auf den Uetliberg führten, und ein Strasse. Lara stand an dieser Strasse hinter einem Baum. Steiner hatte sich gegenüber der Station im nahen Waldrand auf die Lauer gelegt.

Katharina Baldegger ging jetzt über die Plattform der Station. Vor dem Abfalleimer blieb sie stehen. Sie sah sich kurz um, dann presste sie den Rucksack in den Eimer.

«Der Rucksack ist deponiert», sprach Steiner ins Mikro, während er beobachtete, wie Katharina Baldegger zu ihrem Wagen ging und wegfuhr.

Seine Hände schwitzten. Ein Insekt krabbelte ihm in den Kragen. Kein Mensch war zu sehen. Um die Lampen der Haltestellenbeleuchtung schwärmten Nachtfalter.

«Ein Velofahrer unterwegs Richtung Ziel», meldete Posten vier.

Steiners Puls beschleunigte sich. In Gedanken ging er alle möglichen Fluchtwege durch. Mit einem Mountainbike konnte man sogar querfeldein entkommen.

Lara meldete sich. «Der Velofahrer hat Posten fünf passiert.»

Steiner konnte noch nichts erkennen. Vielleicht würde das Fahrrad an der Station vorbeifahren. Vielleicht war es nur ein ehrgeiziger Biker, der in der Nacht trainierte. Doch diese Erklärung beruhigte ihn nicht wirklich.

Dann konnte er einen schmalen Lichtstreifen ausmachen, der unruhig über die Strasse tanzte. Kurz darauf tauchte der Fahrradfahrer auf. Steiners Atem ging schneller.

Der Fahrer hielt an, stellte das Fahrrad ab und ging zu Fuss über die Plattform in Richtung Abfallbehälter. Steiner konnte erkennen, dass er einen Helm trug.

«Marc, was ist passiert? Ist der Velofahrer bei dir angekommen?», hörte er Laras Stimme.

«Der Fahrer steht vor dem Abfallkübel», antwortete Steiner und beobachtete, wie der Mann den Rucksack herauszog und in die Schlaufen schlüpfte. Er hat nicht einmal einen Blick hineingeworfen, dachte er.

Der Mann ging zum Fahrrad zurück und setzte sich auf den Sattel.

Steiner hielt den Atem an, Schweiss rann ihm ins Auge.

Völlig überrascht liess er die Luft aus seinen Lungen entweichen. Der Fahrradfahrer nahm nicht den Weg in den Wald, er fuhr die Strasse wieder zurück!

«Lara, er kommt bei dir vorbei! Halt ihn auf!»

Als Steiner beim Posten fünf ankam, bot sich ihm eine beinahe surreale Szene. Der Biker lag mit dem Gesicht nach unten mitten auf der Strasse, Arme und Beine seitlich ausgestreckt, den Rucksack immer noch am Rücken. Er wurde von einem schmalen Lichtkegel beleuchtet. Lara hielt in der einen Hand die Taschenlampe, in der anderen ihre Pistole.

Steiner kniete sich neben dem Mann nieder und durchsuchte ihn nach Waffen. Dann befahl er ihm, die Hände auf den Rücken zu legen. Er gehorchte ohne Widerrede und Steiner legte ihm Handschellen an. Dann half er ihm auf die Knie.

Lara steckte ihre Waffe ins Holster und leuchtete in sein Gesicht. «Wie heissen Sie?»

Der Mann blinzelte in die Taschenlampe. Er zitterte am ganzen Körper. Steiner schätzte ihn auf Mitte zwanzig. Spärliche Barthaare umgaben sein Kinn und unter dem Helm baumelten Rastalocken herab. Angst lag in seinen Augen. «Ich heisse Jacques, Jacques Bill», keuchte er.

«Wo ist Armin Baldegger?», fragte Lara.

«Wer?»

«Der Mann, den Sie entführt haben.»

Jacques starrte sie mit geweiteten Augen an.

Lara trat näher an ihn heran. «Wo ist Baldegger?»

Jacques brach unvermittelt in Tränen aus, sein Oberkörper schüttelte sich. «Ich weiss nicht, wovon Sie sprechen».

Steiner legte Lara die Hand auf die Schulter und bedeutete ihr, dass er die Befragung übernehme. Er beugte sich zum Mann hinunter. «Wohin wollten Sie mit dem Rucksack?»

Jacques schluchzte. «Ich muss ihn zu einem Schliessfach im Hauptbahnhof bringen.»

«Wer gab Ihnen den Auftrag?»

«Ein Mann.»

«Wie heisst er?»

«Keine Ahnung.»

«Woher kennen Sie ihn?»

«Ich kenne ihn nicht. Ich war gerade mit einem Express-auftrag unterwegs und wartete vor einem Rotlicht. Da hat er mich angesprochen.»

«Sie sind Velokurier?»

Jacques nickte. «Nur nebenbei. Ich studiere an der Uni.» Er schien sich etwas beruhigt zu haben. «Der Mann stand plötzlich neben mir und hat mir den Auftrag angeboten. Ich sollte um Viertel nach elf hier an der Station einen Rucksack aus dem Abfallbehälter nehmen. Ich hatte zuerst Zweifel. Dann hat er mir einen Hunderter hingehalten. Den habe ich natürlich genommen. – Die Knie tun mir weh.»

Steiner erlaubte ihm aufzustehen. «Wie hat der Mann ausgesehen?»

«Etwa eins achtzig gross. Kurz geschorene, blonde Haa-re. Er hat mir echt Angst eingeflösst. Deshalb habe ich den Auftrag auch ausgeführt. Zuerst wollte ich das Geld ein-fach behalten. Ich meine, wenn einer so blöd ist, mir ein-fach so einen Hunderter in die Hand zu drücken. Dann habe ich es mir aber anders überlegt. Der Kerl sah aus, als könnte er einem echt Schwierigkeiten machen.»

«Warum?»

«Dieser Typ war irgend so ein Freak.»

«Ein Freak?»

«Der trug solche verdammten Militärklamotten. Mit so einem will ich keine Probleme haben. Also bin ich herge-fahren und habe den Rucksack geholt.» Er schnaubte und schüttelte den Kopf, seine Rastalocken baumelten hin und her. «Glauben Sie mir, ich wusste wirklich nicht, dass da Drogen im Rucksack sind.» Er kramte in seiner Hosen-tasche. «Hier ist der Schlüssel zum Schliessfach.»

Steiner betrachtete den blauen Schlüssel mit der eingra-vierten Nummer 894.

«Und wie kommt der Schlüssel zu diesem Mann?»

«Da müsse ich mir keine Sorgen machen, hat er gesagt.»

Steiner schwieg eine Weile. «Es gibt eine Möglichkeit, wie Sie aus diesem Schlamassel herauskommen können», sagte er schliesslich.

Jacques machte grosse Augen. «Sie meinen, ich werde nicht verhaftet?»

Steiner nickte. «Sie können uns einen Gefallen tun.»

Der Hauptbahnhof Zürich war auch nach Mitternacht noch bevölkert. Junge Leute, die in Gruppen zusammenstanden, Bierdosen und Alcopopflaschen in der Hand schwenkten und sich lautstark unterhielten, Konzert- und Kinobesucher, Gäste von Restaurants und Bars, die durch die Bahnhofshalle eilten oder auf den Perrons warteten, dass Intercity- oder Regionalzüge und S-Bahnen sie nach Hause brachten.

Die Schliessfächer befanden sich auf einem Zwischengeschoss, das über vier Rolltreppen und einen Lift zugänglich war. Hier hielten sich nur Leute auf, die ihr Gepäck abholen oder die öffentlichen Toiletten aufsuchen wollten.

Steiner befand sich in Sichtweite des Schliessfachs 894. Er hatte die Observation der Station Ringlikon aufgehoben. Stattdessen wurden nun die Rolltreppen und der Lift überwacht. Lara befand sich eine Etage unter ihm.

Es war kurz vor halb eins, als der Fahrradkurier ins Zwischengeschoss kam und sich zu den Schliessfächern begab. Er öffnete das Fach, schob den Rucksack hinein und schloss ab. Dann betrat er die Rolltreppe hinauf zum Erdgeschoss.

«Der Rucksack ist im Fach», sagte Steiner in sein Handy.

«Okay», erwiderte Lara. Steiner hörte, wie sie die Information über Funk an die anderen weitergab.

Steiner sah sich um. Keine der Personen, die sich auf dem Zwischengeschoss aufhielt, entsprach der Beschreibung des Entführers. Vielleicht kommt nicht der, den der Kurier gesehen hat, dachte Steiner.

Er ging einige Schritte, behielt aber das Schliessfach im Auge. Ein Mann mit einem Strohhut näherte sich dem Fach und blieb davor stehen. Er griff in seine Jacke und suchte die Taschen ab.

«Achtung, Mann vor dem Fach», gab Steiner an Lara weiter. Er wechselte das Handy in die linke Hand, die rechte ging zum Pistolengriff unter seinem Jackett.

Endlich hatte der Mann den Schlüssel in der Hand. Er hob den Arm, um aufzuschliessen – doch er öffnete das Fach neben dem Fach 894. Er zog eine Reisetasche heraus und ging an Steiner vorbei zu den Rolltreppen.

Steiner liess den Pistolengriff wieder los. Er wollte Entwarnung melden, doch die Verbindung war unterbrochen. Er fluchte. Sofort wählte er Laras Nummer, aber es kam das Besetztzeichen.

Er blickte zur Bahnhofsuhr und verfolgte den roten Sekundenzeiger, der sich wie in Zeitlupe zu bewegen schien.

Dann sah er ihn.

Der Mann stand vor dem Schliessfach und wandte Steiner den Rücken zu. Er trug einen Kampfanzug und Militärstiefel. Die blonden Haare waren kurz geschnitten.

Er war wie aus dem Nichts aufgetaucht. Über die Rolltreppen konnte er nicht gekommen sein. Die Toiletten! Er musste aus den öffentlichen Toiletten gekommen sein!

Wieder versuchte Steiner Lara anzurufen. Es war noch immer besetzt. Er sah sich um. Keine weiteren Personen befanden sich in der Nähe.

Steiner steckte sein Handy in die Aussentasche seines Jacketts, zog seine Pistole mit der rechten Hand aus dem Holster und stützte sie mit der linken.

Der Mann öffnete das Fach 894.

Er hatte tatsächlich einen zweiten Schlüssel!

Steiner bewegte sich langsam auf den Mann zu. Schritt um Schritt verringerte sich die Distanz. Schliesslich war er nur noch zwei Meter von ihm entfernt. Er zielte auf den Kopf des Mannes. In diesem Moment ertönte der Klingelton von Steiners Handy.

Der Mann verharrte in seiner Bewegung, ohne sich umzudrehen.

«Polizei», rief Steiner. «Langsam die Hände hoch!»

Das Handy klingelte weiter in Steiners Jacketttasche.

Der Mann vor ihm rührte sich nicht.

Zwei junge Mädchen kamen die Rolltreppe herauf und erblickten Steiner. Ihr Gelächter verstummte.

«Verschwindet!», rief er ihnen zu. «Das ist ein Polizeieinsatz.»

Sie machten kehrt und rannten die Treppe hinunter.

Der Mann stand noch immer regungslos da.

«Sie sollen die Hände in die Höhe halten!»

Das Klingeln des Handys hatte endlich aufgehört.

«Verstehen Sie mich?», fragte Steiner mit lauter Stimme. Schweissperlen liefen ihm die Schläfe herunter. Er umfasste den Griff der Pistole fester mit seiner Hand. Der Zeigefinger lag am Abzug.

Wieder meldete sich der Klingelton seines Handys.

Aus der Toilette kam eine Reinigungsfrau in weisser Uniform, sie trug einem Eimer in der einen Hand und einen Wischer in der anderen.

«Gehen Sie zurück in die Toilette!», rief Steiner ihr zu. «Das ist ein Polizeieinsatz.»

Die Frau liess vor Schreck den Eimer fallen. Wasser ergoss sich über den Boden. Sie verschwand in der Toilette.

Steiner konzentrierte sich auf den Mann. Er hatte eine Tätowierung auf dem Nacken, die eine Schlange darstellte.

Der Mann hob langsam die Hände in die Höhe.

Steiners Puls raste. Das Handy verstummte.

Der Mann hatte grosse Hände. Die eine Hand war flach ausgestreckt, die andere leicht gerundet. Es sah aus, als halte er etwas in der Hand.

Der Mann drehte sich langsam um. Der stechende Blick aus seinen grauen Augen schien Steiner zu durchbohren. Doch was Steiner irritierte: Der Mann lächelte.

Steiner sah wieder nach oben zu den Händen. Der Mann hatte eine Handgranate in der Hand.

25

Steiner konnte nicht erkennen, ob die Granate scharf war.

«Wie heissen Sie?», fragte der Mann plötzlich. Seine Stimme war ruhig und tief.

Ich muss versuchen, mit ihm ins Gespräch zu kommen, dachte Steiner.

«Ich heisse Marc Steiner. Und wie ist Ihr Name?»

«Gabriel. Wie der Erzengel. Der Rächer Gottes.»

Ein religiöser Fanatiker?

«Ich glaube nicht an Gott. Nicht mehr.» Der Mann schien seine Gedanken lesen zu können.

«Seien Sie doch vernünftig!», sagte Steiner. «Sie kommen hier nicht raus. Alle Ausgänge sind bewacht.»

«Wirklich? Sie können sich bestimmt vorstellen, was passiert, wenn ich die Granate fallen lasse.»

«Unschuldige Menschen werden getötet.»

Aus den Augenwinkeln bemerkte Steiner eine Gestalt, die die Rolltreppe herauffuhr. Er drehte den Kopf und sah Lara, die die Situation sofort erkannte und ihre Pistole zog. Er hob den linken Arm, zum Zeichen, dass sie nicht eingreifen solle.

«Also», sagte der Mann. «Was machen wir jetzt, Marc?»

Lara war auf der Zwischenebene angelangt und zielte ebenfalls auf den Mann.

Steiner rief ihr zu: «Abbrechen! Die Wachen sollen sich zurückziehen.»

«Sie sind ein vernünftiger Mensch, Marc.» Der Mann zog mit einer Hand den Rucksack aus dem Schliessfach und warf ihn sich über die Schulter. In der anderen Hand hielt er die Handgranate. Dann ging er zur Rolltreppe, die nach oben führte.

Bevor er die Treppe betrat, drehte er sich nochmals um. «Hat mich gefreut, Sie kennenzulernen, Marc.»

Steiner schloss die Wohnungstür auf und trat leise ein. Er machte Licht im Korridor und sah auf seine Uhr, es war kurz nach drei.

In der Küche bereitete er sich ein Schinkenbrot zu. Bier gab es keines mehr, weshalb er sich Mineralwasser einschenkte. Er spürte, dass seine rechte Hand noch immer leicht zitterte.

Er dachte an Lara, wie fassungslos und enttäuscht sie gewesen war, als er den Befehl zum Abbruch des Einsatzes gegeben hatte. Auch Lara würde noch lernen, mit Niederlagen umzugehen. Er selbst war genauso ehrgeizig gewesen wie sie, als er bei der Kripo angefangen hatte. Fünfzehn Jahre war er nun Ermittler. Viele hatte er kommen und wieder gehen sehen. Einige waren freiwillig aus dem Dienst ausgeschieden, andere unfreiwillig. So wie sein Vater, der wegen einer Schussverletzung vorzeitig in den Ruhestand hatte gehen müssen. Oder wie Thomas Berger, der unterwegs zu einem Tatort von einem betrunkenen Autofahrer gerammt worden war.

Steiner trank das Glas aus und ging ins Wohnzimmer. Als er Erikas Handtasche auf dem Sofa erblickte, kam ihm der Mann in den Sinn, mit dem er sie im Movie gesehen hatte. Vielleicht gab es eine einfache Erklärung dafür? Er nahm die Tasche in die Hand. Der Reissverschluss war offen. Einen Moment überlegte er, dann griff er hinein und zog ihr Handy heraus. Er schaute zur Schlafzimmertür. Sie war geschlossen. Auf dem Display liess er sich die letzten gewählten Nummern anzeigen. Darunter war eine Handynummer, die er nicht kannte. Nochmals warf er einen Blick zur Schlafzimmertür. Er nahm sein eigenes Handy und erfasste die Nummer.

«Sie haben den Kerl entkommen lassen?» Mellinger beugte sich über seinen Schreibtisch vor.

Steiner blieb sitzen. «Ich hatte keine andere Wahl.»

«War die Handgranate echt?»

«Sie sah echt aus.»

«Ich fasse es nicht.» Mellinger schüttelte den Kopf. «Wir waren so nah dran.» Schwerfällig liess er sich auf seinen Stuhl fallen.

«Ich habe mit ihm gesprochen», sagte Steiner.

«Sie haben sich mit ihm unterhalten?» Mellingers Augen weiteten sich. «Was hat er denn gesagt?»

«Er sagte mir, wie er heisst.»

«Ach ja? Wie heisst er denn?»

«Erzengel Gabriel.»

Mellinger starrte Steiner an. Er schien zu überlegen, ob sich Steiner über ihn lustig mache. «Wir haben es also mit einem Wahnsinnigen zu tun», sagte er schliesslich.

«Was bezeichnen Sie als Wahnsinn?»

Mellinger schwieg einen Augenblick. «Der GPS-Sender im Rucksack. Gibt er keinen Hinweis auf den Aufenthaltsort dieses Erzengels?»

«Wir haben den leeren Rucksack in einem Abfallcontainer gefunden.»

«Der Kerl ist nicht blöd. Was schlagen Sie nun vor?»

«Ich glaube, wir müssen etwas intensiver hinter die Fassade der Privatbank Zürich blicken.»

Steiner drückte auf den Knopf der Espressomaschine und inhalierte den Geruch des Kaffees wie eine Droge.

Die Tür wurde geöffnet und Lara kam herein.

«Hi!», sagte sie.

«Guten Morgen. Gut geschlafen?».

Lara liess sich auf ihren Stuhl fallen. «Es tut mir leid, wie ich gestern reagiert habe.»

Steiner sah sie fragend an.

«Deine Entscheidung war absolut richtig», meinte sie.

«Danke, dass du das auch so siehst! Mellinger war nicht so sehr begeistert.»

«Wie ich sehe, tröstest du dich mit einem Espresso.»

«Der ist wirklich fantastisch gut.» Er nahm einen Schluck aus der Tasse. «Nun wollen wir mal hören, was uns Frau Tinguely zu berichten hat.»

Er ging zum Schreibtisch und wählte die Nummer. «Steiner, Kantonspolizei. Frau Tinguely, ich benötige eine weitere Auskunft von Ihnen. Hat Arno Lehmann auch Mitarbeiter entlassen?»

Die Antwort erhielt er postwendend.

Er legte auf und schlug mit der flachen Hand auf die Schreibtischoberfläche. «Warum sind wir nicht schon früher darauf gekommen!»

«Was meinst du?»

«Lehmann hat auch einen Mitarbeiter entlassen.»

«Nur einen?»

«Ja. Sein Name ist Dumont. Dreimal darfst du raten, wie sein Vorname lautet.»

Lara hob nur die Schultern.

«Gabriel.»

26

Fast auf jedem Balkon gab es eine Parabolantenne. Im Vorgarten stand ein alter Pflaumenbaum. Die gelben Früchte lagen verstreut im Rasen und auf dem Weg, der zum Haus führte. Viele Früchte waren zertrampelt.

Der Hauswart erwartete sie bereits vor dem Eingang. Er trug ein weisses Unterhemd und sprach nur gebrochen Deutsch.

Steiner zeigt ihm seinen Dienstausweis.

Der Mann nickte und ging voraus. Im Treppenhaus roch es nach Erbrochenem. Ihre Schritte widerhallten, als sie die Treppe hochgingen. Im obersten Stockwerk drückte Steiner die Klingel. Auf dem Schild war kein Name eingetragen. Man konnte den schrillen Klang der Glocke im Innern hören. Niemand öffnete. Steiner klingelte nochmals.

Dann gab er dem Hauswart mit einem Nicken zu verstehen, dass er die Tür öffnen solle. «Wie gut kennen Sie Herrn Dumont?», fragte Steiner.

Der Hauswart schüttelte den Kopf «Ich nicht kennen – noch nie gesehen.»

Steiner und Lara warfen sich einen Blick zu und zogen ihre Pistolen. Sie traten ein und schlossen die Tür hinter sich.

Ein muffiger Geruch empfing sie. Die Wohnung war wohl schon lange nicht mehr gelüftet worden. Die Diele führte geradeaus ins Wohnzimmer. Im Zimmer links gab es ein schmales Bett, einen Kleiderschrank und einen Schreibtisch. Rechts befand sich das Badezimmer, ein einzelnes Handtuch hing über einer Metallstange.

Steiner steckte die Pistole ins Holster zurück, zog Latexhandschuhe aus seinem Jackett und hielt Lara ein Paar hin. «Was willst du übernehmen? Das Schlafzimmer oder das Wohnzimmer?»

Sie deutete mit dem Kopf auf den Bildschirm, der auf dem Schreibtisch stand. «Ich übernehme das Schlafzimmer.»

«Ruf mich, wenn du etwas Wichtiges findest.»

«Woran denkst du da speziell?»

«Zum Beispiel an ein Paar Flügel aus Schwanenfedern.»

Lara verdrehte die Augen und verschwand im Zimmer.

Steiner zog die Handschuhe an. Er stellte sich in die Mitte des Wohnzimmers und sah sich um. Ein einfaches Stoffsofa, ein Beistelltisch aus Holz, ein Bücherregal, in der Ecke ein Fernseher, darunter eine Stereoanlage. Die Wände waren kahl, kein Bild, keine Fotos. Die Mattscheibe des Fernsehers war mit Staub bedeckt. Steiner fuhr mit dem Zeigefinger über den Beistelltisch. Eine feine, graue Staubschicht hatte sich auf der Spitze seines Latexfingers abgesetzt.

Steiner sah sich das Bücherregal näher an. Es enthielt eine grosse Zahl an Fachbüchern über das Bankwesen und zu Themen wie Management, Wirtschaft und Recht sowie einige Fachzeitschriften. Auf dem untersten Regal fand er zwei Fotoalben. Er nahm sie heraus und setzte sich damit auf das Sofa. Bevor er das erste Album öffnete, blies er den Staub weg. Eine Wolke aus Staubpartikeln wirbelte im Sonnenlicht davon.

Er setzte sich seine Lesebrille auf, öffnete das erste Album und überflog die Fotos, die teilweise bereits einen Gelbstich aufwiesen. Sie zeigten hauptsächlich zwei Personen um die fünfzig und einen Burschen im Teenageralter. Viele waren an Weihnachten aufgenommen worden, man konnte einen Weihnachtsbaum im Hintergrund erkennen. Es gab auch Geburtstagsfotos. Steiner versuchte, die Kerzen auf den Torten zu zählen, aber es gelang ihm nicht. Die Aufnahmen waren nicht scharf genug. Einige Fotos waren im Sommer aufgenommen worden. Auch hier waren immer die gleichen drei Personen zu sehen. Sie sassen an einem Tisch in einer Gartenlaube. Es handelte sich wohl um Dumont und seine Eltern. Der Junge hatte einen Haarschnitt, wie er in den Achtzigerjahren modern war.

Steiner öffnete das zweite Album. Diese Fotos hatten keinen Gelbstich, sie waren klarer und schärfer. Steiner konnte Dumont erkennen. Oft waren auch eine Frau und ein Knabe abgebildet. Eine hübsche Frau mit langen, blonden Haaren. Auf den letzten Fotos war der Knabe etwa vier oder fünf Jahre alt. Ab und zu waren auch Dumonts Eltern zu sehen, diesmal mit ergrauten Haaren.

Laras Stimme ertönte aus dem Schlafzimmer. Steiner schloss die Alben und erhob sich.

Lara sass vor dem Computer. Sie deutete auf den Bildschirm. «Das habe ich in einer Worddatei gefunden.»

Steiner starrte auf den Schirm.

«Wir haben ihn!», sagte Lara und verschränkte die Arme.

Steiner legte ein A4-Blatt in die Mitte des Konferenztisches. «Dieser Ausdruck stammt von der Datei, die wir auf Dumonts Computer gefunden haben. Wir haben den Text auf seinem Tintenstrahldrucker ausgedruckt.» Daneben legte er ein weiteres Blatt im selben Format. «Das ist das Original des Erpresserbriefs, den Frau Baldegger erhalten hat.»

Silvia Goldschmid nahm die beiden Blätter in die Hand und hielt sie nebeneinander. «Sie sehen wirklich gleich aus.»

Mellinger beugte sich zu ihr hinüber und bestätigte dies mit einem Kopfnicken.

«Ich möchte Ihnen etwas zeigen», sagte Lara.

Die Staatsanwältin übergab Lara etwas zögernd die Ausdrucke und sah sie fragend an.

Lara nahm die Blätter, stand auf und ging zum Fenster hinüber. Sie legte die Papiere übereinander und presste sie auf die Fensterscheibe. «Sehen Sie?»

Silvia Goldschmid und Mellinger erhoben sich ebenfalls und stellten sich zu beiden Seiten neben Lara ans Fenster.

«Die beiden Texte sind identisch», bestätigte die Staatsanwältin. «Sie sind absolut deckungsgleich.»

«Wir werden das Papier und die Druckertinte von der Kriminaltechnik noch untersuchen lassen», erklärte Steiner. «Ich habe aber keine Zweifel, dass auch der Brief auf dem gleichen Drucker ausgedruckt worden ist.»

Alle setzten sich wieder an den Tisch.

«Wir können also davon ausgehen», sagte Silvia Goldschmid, «dass Dumont den Erpresserbrief geschrieben hat.» Ihr Blick war auf Steiner gerichtet. «Was schlagen Sie nun vor?»

Mellinger antwortete für ihn: «Wir leiten sofort eine Fahndung ein. Diesmal ohne Medien. Lassen wir zuerst die Polizei ihre Arbeit machen.»

Steiner schmunzelte. Mellinger war heute ja fromm wie ein Lamm.

«Was meinen Sie, Herr Steiner?», fragte die Staatsanwältin.

«Einverstanden. Und ich schlage vor, dass wir Dumonts Wohnung rund um die Uhr observieren, falls er doch noch dort auftauchen sollte.»

«Solche Observierungen müssen gründlich abgewogen werden», warf Mellinger ein. «Es müssen in drei Schichten je zwei Personen eingesetzt werden.»

«Herr Mellinger», entgegnete die Staatsanwältin. «Ich verstehe Ihre Bedenken.» Sie beugte sich leicht zu ihm hinüber und sprach leiser. «Aber stellen Sie sich vor, es würde sich im Nachhinein herausstellen, dass wir den Täter hätten verhaften können, wenn wir seine Wohnung observiert hätten.»

Dieses Argument schien Mellinger zu überzeugen. «Einverstanden. Herr Steiner, bitte veranlassen Sie umgehend diese Observierung.»

142

Steiner nickte und warf Silvia Goldschmid einen kurzen Blick zu. Sie lächelte.

27

Die Reihenhaussiedlung war wie ein Irrgarten. Die Häuser waren als verschachtelte Dreier- und Viererelemente erstellt worden. Zu jedem Haus gehörte ein schmaler Vorgarten. Die Hausnummern bestanden aus einer Kombination aus Nummern und Buchstaben.

Die richtige Hausnummer fanden sie an einem Eckhaus. Vor dem Eingang standen gelbe Stiefel in Kindergrösse und ein kleines Fahrrad.

Eine Frau mit schulterlangen, blonden Haaren und einer Zigarette im Mund öffnete die Tür. Steiner erkannte sie von den Fotos, die er in Dumonts Wohnung gefunden hatte.

«Frau Dumont? Mein Name ist Steiner und das ist Frau Binelli.»

«Bitte kommen Sie herein.»

Sie folgten ihr ins Wohnzimmer.

«Bitte, setzen Sie sich. Darf ich Ihnen einen Kaffee anbieten?»

«Für mich nicht, danke!», sagte Steiner.

«Ich habe gerade einen getrunken», fügte Lara hinzu.

Sie setzten sich beide auf ein Stoffsofa. Am Fenster stand eine Staffelei mit einem abstrakten Bild in verschiedenen Blautönen.

«Danke, dass wir so kurzfristig zu Ihnen haben kommen können», begann Steiner.

Alice Dumont setzte sich in einen Ledersessel und drückte die Zigarette in einem kleinen Aschenbecher aus, der auf der Armlehne stand. «Es gehe um meinen Exmann, haben Sie am Telefon gesagt.»

Steiner nickte. «Wir würden Ihnen gerne ein paar Fragen stellen.»

Sie schlug ein Bein über das andere. «Darf ich erfahren, in welchem Zusammenhang Sie mir diese Fragen stellen wollen? Hat er sich irgendetwas zuschulden kommen lassen?»

«Wir ermitteln in einem Mordfall. Es handelt sich um ein paar Routinefragen, mehr kann ich Ihnen im Moment nicht sagen.»

Ihre Gesichtszüge veränderten sich, ihr Lächeln war verschwunden.

Steiner beugte sich vor und stützte die Ellbogen auf seine Knie. «Frau Dumont, wann haben Sie Ihren Exmann zum letzten Mal gesehen?»

«Das dürfte etwa ein Jahr her sein.»

«Ein Jahr?»

«Es wurde ihm verboten, sich in meiner oder in Lucs Nähe aufzuhalten. Das hat der Richter so angeordnet.»

«Luc ist Ihr Sohn?», fragte Lara.

Sie nickte, zog eine Zigarette aus der Schachtel und zündete sie an. «Er geht jetzt in die erste Klasse.» Sie blies den Rauch aus. «Er hat am meisten darunter gelitten.»

«Unter seinem Vater?»

Wieder nickte sie.

«Können Sie uns mehr über ihn erzählen?», bat Steiner. «Wie haben Sie ihn kennengelernt?»

Ein Lächeln huschte über ihre Lippen. «Ich lernte ihn auf einer Studentenparty kennen. Er studierte Wirtschaft. Ich hatte gerade mit meinem Studium begonnen.»

«Was haben Sie studiert?», wollte Lara wissen.

«Kunstgeschichte. Doch ich habe das Studium nach einem halben Jahr abgebrochen, weil Luc unterwegs war.» Sie machte eine abwertende Handbewegung. «Aber Sie wollten ja mehr über Gabriel erfahren.»

«Verzeihen Sie die seltsame Frage», sagte Steiner. «War er religiös?»

Sie legte den Kopf etwas schief. «Eine seltsame Frage. Aber Sie haben recht, er war religiös. Seine Eltern haben ihn streng katholisch erzogen. Er ist mit ihnen regelmässig am Sonntag zur Kirche gegangen. Sogar noch, als wir uns bereits kannten. Ich glaube, er liebte seine Eltern noch mehr als mich.»

«Wie war er als Vater?», fragte Lara.

Sie tippte mit der Zigarette auf den Aschenbecherrand. «Er war am Anfang ein vorbildlicher Vater und ein liebevoller Ehemann.»

«Und wann hat sich das geändert?»

«Als er bei der Privatbank Zürich angestellt wurde. Es war, als hätte er sich in einen anderen Menschen verwandelt.»

«Was war der Grund dafür?»

Sie zog an der Zigarette, ihre Hand zitterte. «Er hatte nur noch seine Karriere im Kopf. Er stand unter einem enormen Leistungsdruck. Er hat zehn bis zwölf Stunden pro Tag gearbeitet. Und dann machte er auch noch diese Managementausbildung. Luc hat er manchmal tagelang nicht gesehen. Er ging frühmorgens aus dem Haus und kam erst spät am Abend wieder heim.»

«Wurde er handgreiflich?»

Sie senkte den Kopf, die Asche ihrer Zigarette fiel auf den Boden. «Ja, es wurde immer schlimmer. Er hatte keine Geduld mehr. Kleinigkeiten konnten ihn schon auf die Palme bringen. Oft wagte ich kaum mehr, mit ihm zu sprechen. Er sass bis spät in die Nacht hinein vor seinem Computer und arbeitete.» Sie drückte die Zigarette im Aschenbecher aus. «Zu Beginn hat er Luc nur angeschrien. Ich habe Luc dann gesagt, dass Papa Ruhe brauche, aber er hat es nicht verstanden.» Sie wischte sich eine Träne weg.

«Dann hat er angefangen, ihn zu schlagen. Wenn ich mich ihm in den Weg gestellt habe, ist er auf mich losgegangen. Schliesslich bin ich mit Luc zu meinen Eltern gezogen.»

«Das hier ist Ihr Haus?», fragte Steiner.

«Ja. Nun gehört es mir. Er lebt jetzt in einer Wohnung in Altstetten.»

«Da haben wir ihn nicht angetroffen. Wo könnte er sich sonst noch aufhalten?»

«Er war für die Bank schon mehrmals in den USA. Vielleicht ist er wieder im Ausland.»

«Das glauben wir nicht», entgegnete Steiner. «Er ist entlassen worden.»

Sie sah Steiner überrascht an. «Er wurde entlassen?»

«Sie wussten es nicht?»

Sie schüttelte den Kopf und blickte durch die grosse Fensterfront hinaus. «Das wird ihn sehr getroffen haben.»

«Du bist heute früh zuhause!» Erika sass auf dem Sofa und sah sich im Fernseher eine Quizshow an.

Steiner setzte sich in seinen Sessel. Diesen hatte er schon besessen, als er noch bei seinen Eltern wohnte. Erika nahm ihn manchmal hoch deswegen. Er könne sich nicht davon trennen, weil er ihn an seine schöne, unbeschwerte Jugendzeit erinnere. Vielleicht hatte sie sogar recht. Auf jeden Fall war der Sessel ein Heiligtum und weder Erika noch Nina wagten es, sich hineinzusetzen.

«Es geht jetzt um die Hunderttausend-Franken-Frage», erklärte Erika, die gebannt auf den Fernseher starrte.

«Übrigens, ich habe ganz vergessen, dir auszurichten, dass letzthin Jasmin angerufen hat.»

«Jasmin? Ach so! Ich habe bereits mit ihr gesprochen.»

«Hast du nicht gesagt, ihr Mann habe sie betrogen?»

Lautes Klatschen von den Zuschauern kam aus dem Fernseher. «Die Frage hätte ich auch beantworten können», sagte Erika laut vor sich hin. Dann sah sie zu ihm herüber. «Was meinst du? Ach so, wegen ihrem Mann! Das hat sich erledigt.» Wieder blickte sie gebannt auf die Mattscheibe.

«Was macht Nina?»

«Sie ist in ihrem Zimmer», erklärte Erika, ohne den Blick vom Fernseher zu nehmen. «Sie hat ihren ersten Liebeskummer.»

«Was?»

«Sven hat mit ihr Schluss gemacht.»

«Schluss gemacht? Aber da muss doch zuerst einmal etwas sein, bevor man Schluss machen kann.»

«Jetzt geht es um zweihundertfünfzigtausend Franken», sagte Erika aufgeregt.

Steiner erhob sich aus seinem Sessel, ging zum Zimmer seiner Tochter und klopfte an.

Keine Reaktion.

Langsam öffnete er die Tür.

Nina lag auf ihrem Bett und starrte zu Justin Timberlake hinauf, der als Poster an der Wand hing.

«Darf ich reinkommen?»

«Männer sind Schweine!», war ihre Antwort.

Er setzte sich zu ihr aufs Bett. «Hör mal, es mag am Anfang so aussehen, als würde man den Schmerz nie überwinden können. Aber er geht vorbei, glaube mir. Das kann ich dir aus eigener Erfahrung sagen.»

Sie setzte sich im Schneidersitz auf. «Papa, ich habe keinen Schmerz. Sven war sowieso ein Idiot!»

«Aber ich dachte, er hat Schluss gemacht mit dir?»

«Das ist mir doch gerade recht gekommen. So musste ich mir nicht überlegen, wie ich ihm erklären soll, dass ich mit ihm Schluss machen will. Er ist mir je länger, je mehr auf die Nerven gegangen.»

«Warum bist du denn so am Boden zerstört?»

«Ich bin nicht am Boden zerstört, ich bin stinksauer.»

«Du bist sauer?»

«Seine Neue ist ausgerechnet Corinne. Die kann ich nicht ausstehen!»

28

Der silbergraue VW Polo stand auf der gegenüberliegenden Strassenseite. Die Scheiben waren vom Morgentau beschlagen. Man konnte die Umrisse von zwei Personen erkennen. Steiner öffnete die hintere Wagentür und setzte sich auf die Rückbank.

Beide Männer drehten sich überrascht um. Der, der am Steuer sass, war noch sehr jung, seine Haut war glatt und er trug einen flaumigen Schnauz. Der andere war älter, sein Kinn und seine Wangen waren mit Bartstoppeln übersät.

Steiner reichte jedem einen mit einem Deckel verschlossenen Kaffeebecher. «Schon was Auffälliges gesehen?»

Der Ältere schüttelte den Kopf und kratzte sich am Kinn. «Nichts. Wir sind seit Mitternacht hier. Die Wohnung war die ganze Nacht dunkel.»

«Ich brauche den Wohnungsschlüssel.»

Der Jüngere kramte aus seiner Hosentasche einen Schlüsselbund hervor.

«Ich gehe jetzt hinauf.» Steiner notierte seine Handynummer auf der Rückseite seiner Visitenkarte und reichte sie dem Älteren. «Ruft mich an, falls er auftauchen sollte.»

Steiner stieg aus und überquerte die Strasse.

Er drückte gegen die gläserne Eingangstür. Sie war nicht abgeschlossen. Im Treppenhaus roch es immer noch nach Erbrochenem. Im dritten Stock blieb er vor der Wohnungstür stehen und nahm den Schlüsselbund in die Hand. Ausser dem Wohnungsschlüssel baumelten noch zwei weitere Schlüssel daran. Steiner zog seine Pistole aus dem Holster, öffnete und trat ein. Die Luft war auch heute stickig. Er machte die Tür leise zu, schloss sie aber nicht ab. Die Wohnung machte einen düsteren Eindruck, wohl weil die Sonne jetzt auf der anderen Seite des Hauses stand. Er kontrollierte Schlafzimmer, Badezimmer, Wohnzimmer. Als er sicher war, dass sich Dumont nicht in der Wohnung aufhielt, steckte er die Pistole ins Holster zurück.

Die beiden Fotoalben standen im Bücherregal. Hatte er sie nicht auf dem Beistelltisch liegen lassen? Er zog sein Handy heraus und kontrollierte die Empfangsbereitschaft. Dann setzte er sich die Lesebrille auf und blätterte nochmals die Alben durch. Diesmal schaute er sich nicht nur die Personen an, sondern auch die Umgebung. Im zweiten Album fiel ihm auf, dass fast jedes Foto, auf dem Dumonts Eltern zu sehen waren, vor einem ähnlichen Hintergrund aufgenommen worden war. Entweder sassen alle Personen in einem Raum um einen runden Tisch herum, links und rechts konnte man weitere Tische sehen. Oder sie sassen draussen an einem Tisch, im Hintergrund waren stets eine Laube und weitere Tische zu erkennen. Ob die Aufnahmen in einem Restaurant gemacht worden waren?

Der Klingelton seines Handys liess ihn zusammenfahren.

«Ich bin's», meldete sich Lara. Er atmete erleichtert aus. «Störe ich?»

«Nein, was gibt's?»

«Ich habe mich in Dumonts Biografie vertieft. Ein halbes Jahr nach seiner Scheidung starben seine Eltern bei einem Autounfall.»

«Der Mann hat einiges …»

«Es gibt noch einen Punkt, den du kennen solltest», unterbrach ihn Lara.

«Und das wäre?»

«Er hat bei den Panzergrenadieren die Rekrutenschule absolviert. Soviel ich weiss, ist das eine der härtesten Aus-

bildungen. Nach der Rekrutenschule hat er eine Spezial-
ausbildung im Nahkampf gemacht.» Sie schwieg einen
Augenblick. «Bist du jetzt in seiner Wohnung?»

«Ja. Ich schaue mir nochmals die Fotos an.»

«Sei bitte vorsichtig, Marc. Der Mann ist gefährlich.»

Steiner beendete das Gespräch und widmete sich wieder
den Alben. Auf einem der letzten Bilder lachten Dumont
und seine Frau gemeinsam in die Kamera. Auf dem Tisch
vor ihnen standen zwei Gläser mit Rotwein, in einer schmalen Vase steckte eine weisse Rose. Rechts davon war eine
Speisekarte in einem Metallhalter zu erkennen.

Steiner nahm das Foto aus dem Album heraus, ging zum
Fenster und versuchte, auf der Speisekarte den Namen des
Restaurants zu entziffern. Doch es war nichts zu machen,
die Schrift war zu klein. Er steckte das Foto in die Innentasche seines Jacketts, klemmte sich die beiden Fotoalben
unter den Arm und verliess die Wohnung.

Er ging die Treppe hinunter bis zum Hauseingang und
blickte durch die Glastür. Der VW Polo stand noch immer
auf der anderen Strassenseite.

Steiner folgte der Treppe zum Untergeschoss hinab. Es
roch nach Waschmittel. Er ging an der Waschküche vorbei
zu einer Tür, die in einen Kellerraum führte. Die Keller-
abteile waren durch Holzverstrebungen wie Gefängniszellen
voneinander getrennt. Jede Tür war mit einem Vorhänge-
schloss gesichert. Welches Abteil gehörte zum obersten
Stockwerk? Er versuchte es mit der hintersten Tür, doch
keiner der Schlüssel passte. Er ging zurück zur ersten Tür.
Das Schloss öffnete sich mit einem Klicken.

Die alte Holztruhe stach ihm sofort ins Auge. Eine ähn-
liche Truhe stand im Keller von Martin Engler.

Der Schlag traf ihn mit voller Wucht. Steiner wurde an
die Wand geschleudert, neben der Truhe sank er zu Boden.

150

Als er die Augen öffnete, wusste er einen Moment nicht, wo er war. Dann setzten die Schmerzen an seiner Schläfe ein.

Langsam erhob er sich. Niemand war zu sehen. Doch der Deckel der Holztruhe stand jetzt offen.

Er fluchte und wählte Laras Nummer.

Sie meldete sich sofort.

«Er war hier.»

«Wer? Dumont?»

Die Schmerzen hämmerten in seinem Kopf. Ihm wurde schwindlig und er musste sich an den Holzlatten festhalten.

«Ja», sagte er schliesslich.

«Geht es dir gut?» Ihre Stimme klang besorgt.

«Es geht mir gut. Die Patrouillen im Quartier sollen die Augen offen halten!»

Er beendete die Verbindung und sah sich um. Die Fotoalben waren verschwunden.

Steiner verliess das Haus, überquerte die Strasse und öffnete die Tür des VWs. «Habt ihr ihn gesehen?»

Die Männer starrten ihn mit aufgerissenen Augen an.

«Dumont war im Haus. Habt ihr ihn nicht herauskommen sehen?»

Der Ältere zeigte auf seinen Kopf. «Was ist mit Ihnen passiert? Sie bluten ja.»

Steiner betastete seine Schläfe. Erst jetzt bemerkte er, dass Blut seine Wange hinunterlief.

29

«Das ist im höchsten Mass erschreckend, was Sie da vorgetragen haben.» Nicolas Marquarts Gesichtszüge drückten Besorgnis aus.

Sie sassen auf alten Ledersesseln an einem mächtigen, ovalen Eichenholztisch. Eine hohe Stuckdecke, ein auf

Hochglanz polierter Parkettboden, ein Kachelofen aus einem früheren Jahrhundert, die Bücher in den Regalen in Leder eingebunden. Steiner nahm an, dass hier jeweils die Sitzungen der Geschäftsleitung stattfanden.

«Und Sie glauben», fragte Nicole Tinguely, «dass Dumont alle drei umgebracht hat?»

«Armin Baldegger», erwiderte Steiner, «haben wir noch nicht gefunden. Wir hoffen, dass er noch lebt.»

Marquart schüttelte den Kopf. «Ich kann es nicht glauben. Warum tut er das?»

«Vermutlich will er sich für seine Entlassung rächen.»

Es war eine Weile still im Raum.

Steiner schätzte Marquart auf sechzig Jahre. Das immer noch dichte, dunkle Haar war streng nach hinten gekämmt, nur an den Seiten hatten sich Geheimratsecken gebildet.

Schliesslich hob Marquart in einer theatralischen Geste die Hände von der Tischplatte. «Der Mann muss wahnsinnig sein.»

Nicole Tinguely blätterte in ihren Unterlagen. «Er hatte ein erstklassiges CV und tadellose Referenzen.»

«Es belastet mich ja selbst», fuhr Marquart fort, «dass wir Entlassungen vornehmen mussten. Aber diese waren Bestandteil des Fusionsplans mit der BWS.»

«Sie meinen mit der Boston Wealth Services?»

Marquart nickte. «Die Fusion wird uns die notwendige Kapitalbasis bringen, damit wir im hart umkämpften internationalen Markt der Vermögensverwaltung weiter existieren können.»

«Ich habe gehört, dass Ihre Bank auch von der Finanzmarktkrise betroffen sei», bemerkte Lara.

Marquart nickte. «Das ist leider wahr, wir sind betroffen, so wie die meisten international tätigen Banken. Wir haben uns im Subprime-Markt in den USA engagiert und dabei mussten wir hohe Investitionen abschreiben.»

«Ist das der eigentliche Grund für die Fusion?»

«Ohne Fusion hätten wir nicht überleben können. Vielleicht hätten wir vom Staat eine finanzielle Unterstützung erhalten.»

«Sie meinen so wie die UBS?»

Marquart nickte wieder. «Das wollten wir aber nicht. Da hätten uns die Politiker bei den Salären und den Boni wohl Auflagen gemacht. Wir wollten unabhängig bleiben.»

«Wäre denn die Fusion nicht ohne Entlassungen möglich gewesen?»

Marquart senkte den Blick. «Darauf hatte ich leider keinen Einfluss.»

«Wer wird nach Abschluss der Fusion den Vorsitz der Geschäftsleitung innehaben?»

«Das wird der heutige CEO der BWS sein.»

«Und Sie?», fragte Lara. «Was wird Ihre Aufgabe sein?»

«Ich werde einen Sitz im Verwaltungsrat haben», erwiderte Marquart. «Ich leite die Privatbank Zürich in der dritten Generation. Doch leider habe ich keine Kinder. Also musste ich mir rechtzeitig überlegen, wie ich die Nachfolge in meinem Unternehmen regle.» Er faltete die Hände vor sich auf der Tischplatte. «So nehme ich die Gelegenheit wahr, mich nach den vielen Jahren etwas aus dem Geschäftsleben zurückziehen und mich auch anderen schönen Dingen im Leben widmen zu können.» Mit diesen Worten warf er einen Blick zu seiner Personalchefin hinüber.

Steiner entging das Schmunzeln auf Nicole Tinguelys Lippen nicht.

«Werden noch weitere Mitarbeiter entlassen werden?», wollte er wissen.

Marquart sah ihn ernst an. «Das kann ich Ihnen leider nicht sagen. Die Details des Fusionsplans sind streng vertraulich.»

«Ebenso wie die Millionen, die Sie als Abfindung von der amerikanischen Bank erhalten, nicht wahr?», warf Lara ein.

Marquart sah sie erstaunt an. Er öffnete den Mund, um etwas zu erwidern, doch Steiner kam ihm zuvor. «Wir sind zu Ihnen gekommen, um Sie zu warnen und zu beraten.»

«Warnen? Wovor wollen Sie uns warnen?»

«Davor, dass noch weitere Ihrer Mitarbeiter Dumont zum Opfer fallen könnten.»

Marquart hob seine buschigen Augenbrauen. «Sie meinen, dass er weitermacht?»

Steiner beugte sich vor und stützte sich auf die Ellbogen. «Wir müssen davon ausgehen, dass Dumont weitere Manager Ihrer Bank im Visier hat.»

Marquart schüttelte energisch den Kopf. «Das kann nur ein krankes Hirn sein, das sich so etwas ausdenkt. Und was schlagen Sie nun vor?», fragte er und lehnte sich im Sessel zurück.

«Wir möchten, dass Sie Ihre Manager informieren und ihnen sagen, wie sie sich verhalten sollen. Wir haben hier ein Dossier», Steiner blickte zu Lara, die die Papiere zur Personalchefin hinüberschob, «in dem einige Sicherheits- und Verhaltensregeln festgehalten sind.»

Steiner beugte sich noch weiter vor und senkte die Stimme. «Empfehlen Sie Ihren Managern, für ein paar Tage nicht mehr in der Bank zu erscheinen. Am besten wäre es, sie würden für einige Tage verreisen.»

Marquart und Tinguely starrten Steiner an, als hätten sie nicht richtig verstanden, was er soeben gesagt hatte.

«Ist das Ihr Ernst?», meldete sich die Personalchefin zuerst zu Wort. «Stellen Sie sich vor, was das bedeuten würde. Die Bank hätte faktisch keine operative Führung mehr. Das ist völlig unmöglich!»

154

«Aber es geht um das Leben Ihrer Mitarbeiter», entgegnete Lara.

«Hören Sie», sagte Marquart, «das ist wie bei einem Flugzeug. Sie können nicht einfach die Piloten entfernen. Die Triebwerke würden zwar noch funktionieren, aber es würde niemand mehr den Kurs bestimmen und die Kontrollanzeigen überwachen. Das Flugzeug würde unweigerlich abstürzen.» Er hob die Hände zu einer entschuldigenden Geste. «Ich verstehe Ihre Besorgnis um unsere Mitarbeiter, aber ich kann nicht die Existenz der ganzen Bank aufs Spiel setzen.»

Lara schien sich nicht mehr zurückhalten zu können. «Wenn Sie Ihre Manager nicht warnen und dafür sorgen, dass sie sich in Sicherheit bringen, dann sind Sie persönlich dafür verantwortlich, wenn ihnen etwas zustossen sollte.»

Jetzt war es Marquart, der sich über den Tisch beugte. «Verhaften Sie endlich diesen Verrückten, dann sind unsere Mitarbeiter in Sicherheit! Und jetzt entschuldigen Sie mich, ich habe noch zu tun.»

«Das ist einfach unglaublich!», schimpfte Lara, als sie in der Kappelergasse unterwegs waren. «Denen ist der Profit wichtiger als das Leben ihrer Mitarbeiter.»

Steiner schmunzelte. «Du kennst ja das Sprichwort: Reden ist Silber, Schweigen ist Gold.»

Lara schnaubte. «Manchmal ist es auch umgekehrt. Ich musste diesem Marquart einfach meine Meinung sagen.»

Sie gingen eine Weile schweigend nebeneinander her. «Was hast du nun vor?», fragte Lara schliesslich, als sie die Bahnhofstrasse erreichten.

«Du kaufst bei Sprüngli auf meine Kosten eine Schachtel Truffes Cru Sauvage, kehrst an deinen Schreibtisch zurück und beschäftigst dich noch einmal mit Dumonts Vergangenheit. Vielleicht stösst du auf einen Hinweis, wo er sich aufhalten könnte.»

«Wofür sind die Truffes?»

«Die sind für dich. Als Belohnung dafür, dass du in der Bank nicht aufs Maul gehockt bist.»

«Spinner! Und was machst du?»

«Ich schaue mir das Restaurant an.»

«Allein? Bitte sei vorsichtig!» Sie tippte an seine Schläfe. «*Ein* Pflaster genügt.»

30

Steiner schritt der Hausfassade entlang bis zu einem grossen Fenster. Er formte mit den Händen einen Kreis auf der Scheibe und spähte hinein. Gedeckte Tische und eine Bar waren zu sehen. In einer Ecke erkannte er den runden Tisch, den er auf den Fotos gesehen hatte. Er setzte seinen Weg dem Haus entlang fort und stiess auf die Pergola. An den Holzbalken rankten sich Weinreben empor und bildeten ein dichtes Blätterdach. Die Stühle waren auf die Tische gestellt.

Lara hatte das Foto, das er in Dumonts Wohnung eingesteckt hatte, eingescannt und so stark vergrössert, dass sie den Namen auf der Speisekarte hatten entziffern können. «Chez Antoine» hiess das Restaurant und es war ein Leichtes gewesen herauszufinden, wer die Besitzer waren.

Steiner sah sich um. Auf der anderen Strassenseite war ein älterer Mann zu sehen, der im Vorgarten arbeitete.

Er setzte die Sonnenbrille auf, überquerte die Strasse und ging auf den Mann zu. Eine Ligusterhecke trennte das Grundstück von der Strasse.

«Guten Tag», begrüsste er ihn.

«Grüss Gott», erwiderte der Mann und bedeckte die Augen mit der flachen Hand als Schutz vor der Sonne. Seine weissen Haare waren auf einer Seite etwas länger und über die Glatze gekämmt.

Steiner deutete mit dem Daumen zum gegenüberliegenden Gebäude. «Wissen Sie, wann das Restaurant wieder geöffnet wird?»

Der Mann schüttelte den Kopf, ein paar Haarsträhnen fielen ihm ins Gesicht. «Das weiss ich nicht. Es ist seit einem halben Jahr geschlossen. Vermutlich ist die Pacht zu hoch.»

«Haben Sie die Besitzer gekannt?»

Der Mann lächelte, die Falten in seinem Gesicht gruben sich tiefer in die Haut. «Wer kannte sie nicht! Dumonts waren sehr beliebt hier im Quartier.» Er betrachtete Steiner skeptisch. «Haben Sie die Familie auch gekannt?»

«Ich kenne Gabriel», sagte Steiner. «Habe ihn aber schon seit einer Ewigkeit nicht mehr gesehen. Wissen Sie, wo ich ihn finden kann?»

«Nein. Aber Sie finden ihn bestimmt im Telefonbuch.»

Steiner verabschiedete sich und ging zum Parkplatz. Er blieb im Wagen sitzen, bis der Mann ins Haus gegangen war. Dann stieg er aus und näherte sich mit schnellen Schritten dem Eingang des Restaurants.

Er spähte nochmals durch ein Fenster und versuchte, etwas zu erkennen, das darauf hindeutete, dass jemand im Haus war. Schliesslich ging er auf die Rückseite des Hauses. Die Kellerfenster waren mit massiven, schmiedeeisernen Gittern gesichert. Er folgte der Fassade weiter, bis er wieder auf die Pergola stiess.

Eine breite, zweiflügelige Glastür führte von der Pergola ins Haus. Steiner rüttelte daran. Sie war verschlossen. Wieder konnte er gedeckte Tische sehen. Alles schien so belassen worden zu sein wie zu der Zeit, als das Restaurant noch in Betrieb war. Auf einen der Tische schien die Sonne. Lag da nicht eine Zeitung? Er ging ums Haus herum zum betreffenden Fenster. Tatsächlich, auf dem Tisch lag eine Ausgabe von «20 Minuten». Das Datum konnte er nicht erkennen. Dafür das grosse Foto: Ihm blickte sein Konterfei entgegen! Das Bild musste bei der Schiessanlage am Hönggerberg aufgenommen worden sein, als er die beiden Reporter von TeleZüri abwimmelte. Sollte er sofort die Einsatzzentrale anrufen und ein Einsatzkommando herbeordern? Er entschied sich, die Lage zuerst einmal zu sondieren.

Er ging zurück zur Glastür, nahm seine Pistole aus dem Holster und umwickelte sie mit seinem Taschentuch. Dann schlug er damit ein Loch in die Tür. Das Klirren des Glases war lauter, als ihm lieb war. Er hielt inne und lauschte. Kein Geräusch war von drinnen zu hören. Er griff vorsichtig durch das Loch und öffnete die Tür.

31

Auf jedem Tisch stand eine schmale Vase mit einer Rose. Steiner berührte eine der Rosen und stellte fest, dass sie nicht echt war. Die Tische waren mit rosa Tischtüchern bedeckt, auf den Holzstühlen lagen Kissen in der gleichen Farbe. An den Wänden hingen Aquarelle von Landschaften in gelben, blauen und grünen Pastelltönen.

Steiner steckte die Pistole ins Holster zurück.

Beim Tisch, auf dem die Zeitung lag, blieb er stehen und betrachtete das Foto. Sein Gesichtsausdruck war ernst, ja sogar grimmig. Und die erhobene Hand wirkte auch nicht gerade sympathisch. Hatte Mellinger vielleicht recht mit dem Vorwurf, dass er mit den Medienleuten zu wenig freundlich umging?

Er setzte seinen Rundgang fort, vorbei an einer Bar mit verschiedenen Likören, Armagnacs und Cognacs, und kam zu zwei Türen. Die eine stand offen und führte zur Garderobe. Die andere war eine metallene Pendeltür. Er öffnete sie und betrat die Küche. Pfannen in verschiedenen Grössen hingen an den Wänden, Messer steckten in Holzblöcken, Krüge und Gefässe aus Metall waren aufeinandergestapelt. Alles war blitzblank gereinigt, man hatte nicht den Eindruck, dass die Küche schon seit einem halben Jahr nicht mehr benutzt worden war.

Als er in einer Ecke den Holztisch entdeckte, zuckte er zusammen. Er machte eine schnelle Bewegung zur Pistole und horchte angestrengt. Auf dem Tisch lagen geöffnete Pizzaschachteln und leere Bierdosen. Er berührte eines der restlichen Pizzastücke mit den Fingern. Es war kalt, aber noch nicht vertrocknet.

Steiner behielt die rechte Hand am Griff der Pistole. Er verliess die Küche und ging zum Eingangsbereich des Restaurants. Rechts der Haupteingang, links die Toiletten für die Gäste. Geradeaus eine Tür mit dem Schild «Privat». Er blieb stehen und achtete auf Geräusche, konnte aber nichts hören. Vorsichtig öffnete er die Tür. Ein altes Ledersofa, zwei Lehnsessel, ein überdimensionaler Flachbildfernseher. Er trat ein. Die Stand-by-Diode des Fernsehers leuchtete ihm entgegen wie eine Warnlampe.

Er wandte den Blick zur Seite, wo eine Treppe in den oberen Stock führte. Regungslos stand er da und lauschte auf Geräusche. Aber es war so still, dass man wohl gehört hätte, wenn eine Stecknadel zu Boden gefallen wäre. Er zog seine Pistole aus dem Holster und ging auf die Treppe zu.

Dann geschah das, womit er überhaupt nicht gerechnet hatte. Der Boden unter seinen Füssen gab nach. Der Teppich, auf dem er stand, sackte in sich zusammen und schien ihn zu verschlingen. Er versuchte zur Seite zu springen, aber der um seinen Körper gewickelte Teppich liess keine

Bewegung mehr zu. Er rutschte durch den Fussboden hindurch.

Der Aufschlag war durch den Teppich etwas gedämpft worden. Leicht benommen lag Steiner auf dem Rücken und blinzelte zur Decke hinauf. Mörtelteilchen prasselten auf ihn herunter. Er musste husten und rieb sich die Augen.

Vorsichtig setzte er sich auf, kam auf die Knie. Es schien nichts gebrochen zu sein. Er schaute wieder nach oben zu dem grossen Loch, durch das er gefallen war.

Wo war seine Pistole? Er sah sich um. Drei Meter von ihm entfernt lag sie auf dem Betonboden. Er erhob sich und nahm die Waffe an sich.

Er befand sich in einem dunklen Gewölbe. Licht drang nur durch die zwei kleinen Fenster herein, die direkt unter der Decke platziert waren. Es waren die mit Gitter gesicherten Fenster auf der Rückseite des Hauses.

Es gab zwei Türen. Eine Betontür, die mit einem Metallmantel überzogen war. Steiner kannte diese Art von Tür vom Haus seiner Eltern. Sie führte zu einem Luftschutzraum und wurde mit einem eisernen Hebelgriff geöffnet. Diese hier war zusätzlich mit einer massiven Eisenkette und einem Schloss gesichert.

Die zweite Tür war aus Holz. Auch sie war verschlossen. Zweimal versuchte Steiner, mit der Schulter dagegenzudrücken, dann gab er auf. Das war wohl Eichenholz.

Es schien kein Entkommen aus dieser Falle zu geben. Er zog sein Handy heraus und sah auf das Display. Kein Empfang. Angst stieg in ihm auf. Er lehnte sich an eine Wand und liess sich auf den Boden sinken. Was, wenn Dumont zurückkam?

Ich muss etwas unternehmen, dachte er. Ich kann nicht hier sitzen und warten. Er stellte sich unter das Loch in der Decke und sah hinauf. Hatte er die Wohnzimmertür offen gelassen? Vielleicht gab es eine Chance, dass man ihn draussen hören konnte. Er formte seine Hände trichterförmig um seinen Mund und rief, so laut er konnte, nach Hilfe. Zweimal, dreimal. Dann hielt er inne und horchte.

Tatsächlich! Er konnte etwas hören. Einen metallischen Ton. Es klang wie ein Klopfen. Er hielt den Atem an. Das Geräusch kam nicht von oben. Es kam von der Seite. Es schien vom Luftschutzraum her zu kommen.

Er ging zur Tür und horchte. Deutliche Klopftöne waren zu hören. Dreimal kurz, dreimal lang, dreimal kurz.

Steiner nahm seine Pistole und klopfte mit dem Griff gegen den Metallmantel der Tür.

Sein Klopfen wurde im selben Rhythmus wiederholt.

«Hallo?»

Steiner erschrak. Die Stimme kam von oben. Er hob den Blick und die Waffe gleichzeitig und spähte zur Decke hinauf. Ein Gesicht erschien im Loch.

«Was machen Sie da?»

Es war der ältere Mann von gegenüber.

«Helfen Sie mir!», rief Steiner. «Rufen Sie die Polizei!»

«Keine Angst», entgegnete der Mann, «ich werde ganz bestimmt die Polizei rufen! Sie sind hier eingebrochen.»

«Nein! Steiner ist mein Name.» Mit zitternden Händen holte er den Dienstausweis heraus und hielt ihn in die Höhe.

«Sie sind hier eingebrochen», wiederholte der Mann.

«Bitte rufen Sie einen Krankenwagen und die …»

Das Gesicht des Mannes war plötzlich verschwunden.

«Warten Sie!», rief Steiner, so laut er konnte. «Gehen Sie nicht weg! Sie müssen mir helfen!»

Die Eichenholztür zersplitterte mit einem lauten Krachen. Zwei Männer in schwarzen Kampfanzügen, Helmen und Kampfstiefeln stürmten mit vorgehaltenen Maschinenpistolen herein.

Steiner sass am Boden an die Wand gelehnt und hielt die Hände über den Kopf gestreckt, in einer Hand hielt er seinen Dienstausweis. Mit Beruhigung stellte er fest, dass die Männer die Waffen senkten. Einer überprüfte den Ausweis.

«Der Raum ist sicher», sagte der Mann ins Mikro. Weitere Angehörige der Einsatzgruppe betraten das Gewölbe.

Kurz darauf folgte Lara. Sie ging vor Steiner in die Hocke. «Was machst du für Sachen?»

«Mir geht es gut.» Steiner erhob sich. «Wir müssen sofort diese Tür hier öffnen», sagte er zu einem der Männer. «Ein Gefangener befindet sich dahinter.» Er wandte sich wieder an Lara. «Ist der Krankenwagen schon eingetroffen?»

«Die Sanitäter warten draussen.»

«Gut. Wir dürfen keine Zeit verlieren.»

Mit einem Bolzenschneider durchtrennte man die Kette vor der Tür des Luftschutzraums. Dann betraten zwei Männer mit Taschenlampen den stockfinsteren Raum.

Die Lichtkegel der Lampen irrten umher.

«Das sollten Sie sich ansehen!», rief einer der Männer.

Steiner ging hinein. Der Gestank liess ihn beinahe zurücktaumeln. Als er den Lichtschalter betätigte, beleuchtete das Neonlicht eine erschreckende Szene.

An einer Wand kauerte eine Gestalt. Sie hielt sich beide Hände schützend vor die Augen. Am rechten Fussgelenk trug sie eine Eisenmanschette, an der eine Kette befestigt war. Am Boden lag eine violette Wolldecke, daneben standen zwei Metalleimer.

Steiner drehte sich zum Ausgang um und rief: «Die Sanitäter! Sie sollen kommen!»

«Um Gottes willen!» Lara hatte ebenfalls den Raum betreten. Sie hielt sich die Hand vor Mund und Nase und starrte auf den Mann am Boden.

Zwei Sanitäter eilten mit einer Bahre und einem Erste-Hilfe-Koffer herein. Sie wollten sich um den Mann kümmern, doch dieser wehrte sich mit Händen und Füssen.

Steiner kniete sich neben ihm nieder und legte ihm die Hand auf die Schulter. «Herr Baldegger, Sie müssen keine Angst mehr haben. Wir sind von der Polizei. Die Sanitäter werden Sie ins Spital bringen.»

Der Mann blinzelte Steiner ungläubig an. Schliesslich beruhigte er sich und liess die Sanitäter gewähren.

Die Kette wurde entzweigeschnitten. Dann hoben die Sanitäter den Mann vorsichtig auf die Bahre.

«Wird er durchkommen?», fragte Steiner.

Ein Sanitäter nickte. «Er hat deutliche Zeichen von Dehydrierung, aber er wird es schaffen.»

Kurz darauf konnte man die Sirene des Krankenwagens hören.

Steiner sah sich die beiden Eimer an. Der eine war mit Fäkalien gefüllt. Der andere enthielt Tausendernoten.

32

Das romantische Restaurant hatte sich in einen tristen Tatort verwandelt. Die Einsatzgruppe war durch die Kriminaltechniker abgelöst worden. Das Grundstück war abgesperrt, die Zufahrt zur Quartierstrasse durch die Einsatzfahrzeuge der Polizei verbarrikadiert.

Steiner entdeckte auf der anderen Seite der Absperrung den älteren Mann. «Komm», sagte er zu Lara. «Hier können wir nichts mehr tun.»

«Wo willst du hin?»

«Ich möchte mich bei meinem Retter bedanken.»

Steiner schlüpfte unter dem rot-weissen Band hindurch, trat zum Mann hin und reichte ihm die Hand. «Danke, dass

Sie die Polizei alarmiert haben. Das hier ist Lara Binelli, meine Dienstkollegin. Wie heissen Sie?»

«Eggenberger Walter.» Er schien etwas verlegen zu sein. «Entschuldigen Sie, dass ich Sie für einen Einbrecher hielt. Aber Sie waren plötzlich verschwunden, nur das Auto stand noch vor dem Haus. Dann hörte ich Glas bersten.»

Steiner winkte ab. «Ich hätte mich als Polizist ausweisen sollen.» Er sah sich um: «Können wir uns hier irgendwo in Ruhe unterhalten?»

Eggenberger deutete mit dem Kopf über seine Schulter. «Am besten gehen wir zu mir hinüber.»

Sie folgten ihm über die Strasse zu seinem Grundstück. Ein Weg aus Verbundsteinen führte durch einen gepflegten Garten mit ein paar alten Zwetschgenbäumen.

Eggenberger ging voraus ins Haus und bedeutete Steiner und Lara, sich im Wohnzimmer auf ein Sofa mit Blumenmuster zu setzen.

«Hätten Sie gerne einen Kaffee?»

«Ein Glas Wasser wäre prima», entgegnete Lara.

Steiner zögerte kurz. «Haben Sie auch etwas Stärkeres?»

Lara warf ihm einen erstaunten Blick zu.

«Nach dem, was ich heute erlebt habe …»

Eggenberger schmunzelte und hob den Finger in die Höhe. «Da habe ich gerade das Richtige.» Er öffnete eine alte Kommode und zog eine Flasche ohne Etikett heraus. Dann stellte er drei Schnapsgläser auf den Beistelltisch und füllte sie bis zum Rand. «Dieser Schnaps wurde mit meinen eigenen Zwetschgen gebrannt.»

Steiner nahm sein Glas in die Hand und betrachtete die farblose Flüssigkeit. «Prost!» Er nahm einen Schluck und hatte das Gefühl, glühende Lava laufe seine Kehle hinunter. «Der hat es aber in sich! Wie viel Prozent?»

Wieder schmunzelte Eggenberger und seine listigen Augen blitzten. «Das verrate ich nicht!»

«Leben Sie hier allein?», fragte Lara. Sie nippte an ihrem Glas und schnitt eine Grimasse.

Er nickte. «Meine Frau ist schon vor vielen Jahren gestorben. Ich habe es nicht übers Herz gebracht, unser Haus zu verkaufen.»

«Wie gut kennen Sie den Sohn von Dumonts?», wollte Steiner wissen.

«Ein flotter Bub war das. Stets anständig und höflich. Ich hätte mir auch einen solchen Sohn gewünscht, aber mir und meiner Frau waren leider keine Kinder vergönnt.»

«Hatten Sie auch später Kontakt zu ihm?» Steiner nahm noch einen Schluck vom Schnaps und verzog den Mund.

«Als er erwachsen war, habe ich ihn nur noch selten getroffen, obwohl er oft bei den Eltern war.» Er strich sich eine Haarsträhne aus der Stirn. «Er hat sie oft besucht. Vor allem in den letzten Monaten vor ihrem Unfall. Als hätte er eine Vorahnung gehabt. Ich habe sein Auto regelmässig auf dem Parkplatz vor dem Haus stehen sehen.»

«Ist Ihnen in letzter Zeit irgendetwas aufgefallen?»

Eggenberger machte grosse Augen und nickte aufgeregt. «Jetzt, da Sie fragen. Ein weisser Lieferwagen. Den habe ich vorher noch nie im Quartier gesehen.»

«Ein weisser Lieferwagen?»

«Er ist jeweils in die Garage gefahren. Meistens in der Nacht. Ich stehe nachts mehrmals auf, weil ich auf die Toilette muss. Da habe ich ihn beobachtet. Das ist doch sehr seltsam, finden Sie nicht?»

«Warum meinen Sie?»

«Na, warum sollte jemand Waren liefern, wenn das Restaurant schon seit langem geschlossen ist? Und dann noch mitten in der Nacht?»

«Dumont hat im Lieferwagen seine Opfer transportiert», sagte Lara, als sie im Auto sassen.

Steiner nickte, nahm eine Packung Stimorol aus dem Handschuhfach und hielt sie Lara hin.

«Nein, danke.» Sie legte den Kopf schräg. «Wo ist der Lieferwagen jetzt? Es ist zurzeit kein Auto auf Dumonts Namen zugelassen. Das habe ich überprüft.»

«Vielleicht hat er den Lieferwagen gemietet oder von einem Bekannten ausgeliehen. Wir müssen den Wagen auf jeden Fall finden.» Steiner kaute nachdenklich auf seinem Kaugummi. «Scheidung, Verlust der Eltern, Kündigung. Er hat wohl alles, was ihm etwas bedeutete, verloren.»

«Das gibt ihm noch lange nicht das Recht, Menschen zu entführen und umzubringen.»

«Nein, natürlich nicht. Fragt sich nur, ob …»

Ihre Pager fingen gleichzeitig an zu piepen. Sie sahen sich einen kurzen Moment an. Dann zog Steiner sein Handy hervor und wählte die Nummer der Einsatzzentrale.

33

Die Piranha-Radschützenpanzer der Einsatzgruppe Diamant bildeten zusammen mit anderen Fahrzeugen der Kantonspolizei einen halbkreisförmigen Ring um den Eingang der Privatbank Zürich. Hinter jedem Fahrzeug kauerten Polizisten in blauer Uniform oder in schwarzen Schutzanzügen.

Hinter der Absperrung konnte Steiner in der Menschenmenge Kamerateams und Fotografen mit langen Teleobjektiven ausmachen. Auch einige japanische Touristen knipsten aufgeregt mit ihren Fotoapparaten.

Steiner und Lara steuerten auf eine Gruppe von Personen zu, die sich alle um einen Mann versammelt hatten, der ein Megafon in der Hand hielt.

«Ist es Dumont?», fragte Steiner.

Mellinger wandte sich zu ihm um, sein Gesicht war hochrot angelaufen. «Da haben wir jetzt den Salat!» Seine Stimme überschlug sich beinahe. «Hätten Sie den Kerl am Bahnhof verhaftet, dann hätten wir das Problem hier nicht!»

«Hat er sich schon gemeldet?»

«Er hat noch nicht einmal seinen Hintern aus dem Fenster gestreckt.»

«Woher wissen Sie denn, dass es Dumont ist?»

Mellinger deutete zu einem Sanitätsfahrzeug hinüber. «Er hat den Portier überwältigt.»

Steiner drehte sich um und ging davon.

«Wo wollen Sie denn hin?», rief Mellinger ihm nach.

Er antwortete nicht, sondern hielt auf den Krankenwagen zu, dessen Türen offen standen. Ein älterer Mann im dunklen Anzug sass auf einer Liege und wurde von einem Sanitäter am Kopf behandelt. Steiner erkannte den Portier wieder. Er setzte sich ihm gegenüber auf eine Bahre.

«Wie schlimm ist es?», fragte er den Sanitäter.

«Eine Platzwunde.»

Der Portier sah Steiner mit grossen Augen an. «Er stand plötzlich vor mir. Ich sah ihn gar nicht hereinkommen», sagte er mit heiserer Stimme. «Er trug diese Militärkleidung und hielt ein Sturmgewehr in der Hand.» Er starrte ins Leere, als würde er sich den Anblick nochmals verinnerlichen.

«Was ist dann passiert?»

«Ich wollte den Alarmknopf drücken, aber dann hat er mich ...» Er konnte nicht weitersprechen. Tränen liefen ihm über das Gesicht.

«Nur noch eine Frage. Haben Sie gesehen, ob er noch andere Waffen bei sich trug?»

Der Portier putzte sich die Nase. «Er trug Handgranaten an seinem Gürtel.»

Steiner ging zurück zu Mellinger. Unterdessen war auch ein Verhandlungsspezialist der Kantonspolizei eingetroffen, Hermann Kellenberger.

«Es gibt keine Zweifel», meldete Steiner, «es ist Dumont. Er ist schwer bewaffnet. Sturmgewehr und Handgranaten.»

Mellinger starrte ihn mit aufgerissenen Augen an. Seine Gesichtsfarbe hatte sich schlagartig in ein fahles Weiss verwandelt. «Um Gottes willen! Will er die Bank in die Luft sprengen? Was machen wir jetzt?»

«Wir müssen reden mit ihm», sagte Kellenberger. «Wir müssen herausfinden, was er vorhat.»

«Gut, ich mache das.» Mellinger hob das Megafon.

«Warten Sie», sagte Kellenberger. «Geben Sie ihm meine Handynummer.» Er schrieb die Nummer auf einen Zettel.

Mellinger schaltete das Megafon ein. «Gabriel Dumont. Hier spricht die Polizei. Rufen Sie uns an.» Er gab die Handynummer dreimal durch.

«Jetzt können wir nur warten und hoffen, dass er anruft», meinte Lara. Sie setzten sich in einen Einsatzwagen. Mellinger ans Steuer, Steiner auf den Beifahrersitz, Kellenberger und Lara auf die Rückbank.

«Das kann Stunden dauern, bis der Kerl sich meldet», sagte Mellinger mit leicht ärgerlicher Stimme. Sein Blick wanderte über die Absperrung zu den Zuschauern und den Fernsehteams. In diesem Augenblick läutete das Handy, das Kellenberger in der Hand hielt. Er schaltete den Lautsprecher ein und reichte das Handy nach vorn.

«Hören Sie, Dumont, lassen Sie die Geiseln frei!», sagte Mellinger.

Keine Antwort.

«Haben Sie mich verstanden?»

Es kam das Zeichen, dass die Leitung unterbrochen war.

«Ich fasse es nicht», stiess Mellinger hervor und starrte auf das Handy in seiner Hand. «Er hat einfach aufgelegt.»

«Sie hätten ihn in ein Gespräch verwickeln sollen», erklärte Kellenberger. «Bei Geiselnahmen ist es wichtig, einen persönlichen Kontakt zu den Geiselnehmern aufzubauen und so eine Vertrauensbasis zu schaffen.»

«Eine Vertrauensbasis?», konterte Mellinger. «Ich habe keine Lust, mit einem Mörder einen persönlichen Kontakt aufzubauen.»

«Wie viele Geiseln sind es?», fragte Steiner.

«Das wissen wir noch nicht», erwiderte Mellinger.

«Wir sollten ihm einen Deal anbieten.»

Mellinger wandte den Kopf zu Steiner, sein Kinn schob sich nach vorne. «Das meinen Sie doch wohl nicht ernst?»

«Ich kann den Vorschlag von Herrn Steiner nur unterstützen», sagte Kellenberger.

«Es geht nun um das Leben der Geiseln», doppelte Lara nach.

Mellingers Gesicht hatte wieder Farbe bekommen. «Das kommt überhaupt nicht in Frage. Ich will, dass dieser ...»

Das Läuten des Handys liess Mellinger verstummen. Alle vier sahen gebannt aufs Telefon.

«Wollen Sie nicht abnehmen?», fragte Steiner.

«Hören Sie, Dumont», begann Mellinger, «lassen ...»

«Nein», unterbrach ihn Dumont. «Sie hören jetzt mir zu. Ich will mit Marc Steiner sprechen.»

Wieder war die Verbindung unterbrochen.

«Was glaubt der eigentlich, mit wem er es zu tun hat?», schnaubte Mellinger.

«Wurden Scharfschützen postiert?», fragte Steiner.

Mellinger nickte nur.

Da läutete das Handy wieder.

Mellinger reichte es Steiner.

«Gut, hat man Sie ans Telefon gelassen, Herr Steiner. Wer war dieser Schwachkopf, mit dem ich zuerst gesprochen habe?»

Steiner sah zu Mellinger hinüber, der mit verschränkten Armen und finsterer Miene hinter dem Steuerrad sass. «Kommen wir zur Sache», schlug er vor. «Was verlangen Sie?»

Dumont lachte. «Sie verlieren anscheinend nicht gerne Zeit mit Small Talk, Herr Steiner. Das gefällt mir. Wissen Sie, warum ich gerade mit Ihnen sprechen wollte?»

«Nein. Aber Sie werden es mir bestimmt gleich sagen.»

«Am Bahnhof hätten Sie mich ohne weiteres verhaften können. Sie haben es nicht getan. Warum nicht?»

«Sie hatten eine Handgranate.»

«Woher wussten Sie, dass sie scharf war?»

«Das wusste ich nicht.»

«Soll ich es Ihnen verraten?»

«Es spielt jetzt keine Rolle mehr.»

Wieder ertönte ein Lachen. «Ich sage es Ihnen nicht. Das erhöht die Spannung, nicht wahr? Aber sehen Sie, das hat mich beeindruckt.»

«Was?»

«Dass Sie sich gegen einen weiteren Schritt in Ihrer Karriere und für ein paar Menschenleben entschieden haben.»

«Was verlangen Sie?»

«Eine Million in bar, einen Range Rover mit vollem Tank und eine Geisel.»

«Wer ist diese Geisel?»

Dumont lachte. «Sie!»

Lara fasste Steiner am Arm. Sie sah ihn mit ernstem Ausdruck an und schüttelte den Kopf.

«Ich muss das mit dem Einsatzleiter besprechen.»

«Einverstanden. Aber lassen Sie sich nicht zu viel Zeit! In fünf Minuten rufe ich nochmals an. Und in einer Stunde wird die erste Geisel erschossen.»

Die Verbindung war wieder unterbrochen.

«Das ist zu gefährlich», sagte Lara. «Du hast keine Garantie, dass er die Geiseln freilässt.»

«Wir haben keine andere Wahl», entgegnete Steiner.

Mellinger nickte nachdenklich. «Wir haben keine Wahl.»

Nach fünf Minuten läutete das Handy.

«Ich schlage Folgendes vor», begann Steiner. «Ich komme in die Bank. Die Geiseln werden freigelassen. Ich bleibe bei Ihnen. Dann wird der Range Rover mit dem Geld vor dem Eingang abgestellt.»

«Ich werde es mir überlegen, Herr Steiner.»

Die Verbindung war wieder getrennt.

Steiner wandte sich an Mellinger. «Organisieren Sie den Wagen und das Geld?»

Mellinger nahm sein Handy und begann zu telefonieren.

Steiner stieg aus, ging ein paar Schritte und sah sich um. Die Menschenmenge hinter der Absperrung war noch dichter geworden. Er spähte zu den umliegenden Häusern hinauf, konnte aber keinen Scharfschützen entdecken. Auf einem Balkon erblickte er einen Fotografen, der die Kamera direkt auf ihn gerichtet hatte.

Er wandte den Blick zur Bank. Von aussen konnte man nichts erkennen. Es sah aus, als wäre es ein Tag wie jeder andere. Als würden die Mitarbeiter ihrer gewohnten Arbeit nachgehen.

Plötzlich stand Lara neben ihm und reichte ihm Kellenbergers Handy. «Dumont will mit dir sprechen.»

«Ein paar kleine Änderungen, Herr Steiner.»

«Nämlich?»

«Zuerst wird der Range Rover vor den Eingang gestellt. Sie kommen mit dem Wagenschlüssel und dem Geld in die Bank. Dann lasse ich die Geiseln frei. Aber beeilen Sie sich. In fünfzig Minuten wird die erste Geisel erschossen.»

Steiner zog seine Pistole aus dem Holster und gab sie Lara.

«Marc …» Laras Augen waren wässrig.

«Hey, Binelli!» Er fasste sie mit beiden Händen an den Schultern. «Mach dir keine Sorgen. Ich passe auf mich auf. Das verspreche ich dir.»

Sie nickte und wischte sich eine Träne weg.

Ein schwarzer Range Rover wurde vor den Eingang der Bank gefahren. Mellinger kam auf Steiner zu und überreichte ihm den Fahrzeugschlüssel und einen metallenen Aktenkoffer. «Passen Sie auf sich auf!»

Steiner hob das Megafon: «Dumont, ich bin bereit.»

Das Echo widerhallte von den Hausfassaden. Dann war es sehr still. Als würden alle Zuschauer den Atem anhalten.

34

Der Stuhl des Portiers war umgekippt, die Blutspuren auf dem Marmorboden schienen zu leuchten. Steiner ging auf die verglaste Pendeltür zu, die zu den Büroräumen führen musste. Er betrat einen langen Korridor. Die meisten Türen standen offen. Er warf einen kurzen Blick in jeden Raum. Die Einrichtung war stets gleich: vier Schreibtische, auf jedem ein Flachbildschirm, halbhohe Aktenschränke. Da und dort eine farbige Kinderzeichnung an der Wand, ein gerahmtes Foto auf dem Schreibtisch.

Am Ende des Korridors gab es einen Aufzug und eine Treppe. Steiner wählte die Treppe.

Auf dem nächsten Stockwerk zeigte sich das gleiche Bild: verlassene Büroräume. Kein Mensch weit und breit.

Steiner formte die Hände zu einem Trichter: «Dumont, wo sind Sie?» Er hielt den Atem an und horchte.

Eine Frau schrie auf. Dann rief Dumont: «Oberste Etage. Keine Dummheiten, sonst stirbt er!»

Steiner eilte die Treppenstufen hinauf. Dann ging er vorsichtig durch den Korridor. Von Tür zu Tür. Den Aktenkoffer hatte er fest im Griff. Plötzlich überkamen ihn Zweifel. Angst erfasste ihn. Hatte er einen fatalen Fehler begangen? Dumont schien ja vor nichts zurückzuschrecken. Steiner blieb stehen. Noch hatte er die Möglichkeit, sich zurückzuziehen und die Bank wieder zu verlassen. Niemand würde ihm einen Vorwurf machen. Warum sollte er sich freiwillig dieser Gefahr aussetzen?

Ein Wimmern und Schluchzen war zu hören. Die Geräusche kamen vom Ende des Korridors.

Steiner setzte sich wieder in Bewegung.

Das Büro war viel grösser als die Räume, in die er bisher geschaut hatte. In der Mitte kniete Marquart auf dem Boden. Er zitterte am ganzen Leib. Vor ihm stand Dumont im Kampfanzug, den Lauf des Sturmgewehrs hatte er auf Marquarts Kopf gerichtet.

«Tun Sie es nicht!», rief Steiner.

Dumont drehte den Kopf zur Seite. «Willkommen, Herr Steiner. Bitte kommen Sie doch herein!»

Steiner trat durch die Tür. Noch drei weitere Personen befanden sich im Raum, zwei Frauen und ein Mann. Sie lagen mit dem Bauch nach unten am Boden und hatten die Hände im Nacken verschränkt.

So behandelt man Kriegsgefangene, dachte Steiner.

Steiner stellte den Aktenkoffer auf den Boden. «Ich habe das Geld und den Wagenschlüssel mitgebracht.»

«Ziehen Sie sich aus!»

«Wie bitte?»

«Ziehen Sie Ihre Kleider aus!»

Steiner begann, sich auszuziehen.

«Schön langsam, sonst stirbt der hier!»

Als Steiner sich bis auf die Unterhose entkleidet hatte, hielt er inne und wartete.

Dumont schmunzelte. «In Ordnung. Jetzt bringen Sie mir den Koffer hierher.»

Steiner kam bis auf drei Schritte an Dumont heran.

«Stopp! Das genügt.»

Steiner stellte den Koffer auf den Boden. Den Gedanken, Dumont zu überwältigen, liess er gleich wieder fallen. Dumont zielte immer noch auf Marquarts Kopf.

«Öffnen Sie den Koffer und leeren Sie den Inhalt auf den Boden!»

Die Bündel Tausendernoten fielen zu Boden.

«Ein hübscher Anblick!» Dumont schmunzelte wieder. «Jetzt gehen Sie zwei Meter zurück, Herr Steiner. Auf die Knie und die Hände in den Nacken!»

Steiner befolgte die Anweisungen.

Dumont wandte den Blick wieder zu Marquart. Er presste das Ende des Gewehrlaufs auf dessen Stirn. «Was ist jetzt aus diesem Abzocker geworden? Ein kleines Häufchen Elend, das nicht mehr lange zu leben hat.»

«Bitte!», keuchte Marquart. «Wie viel Geld wollen Sie?»

«Geld?» Dumonts Miene verfinsterte sich. «Du glaubst, dass du mit Geld alles kaufen kannst, was? Wie viel ist es dir denn wert, dein Leben?»

Marquart schluchzte und schüttelte verzweifelt den Kopf.

«Ich sage dir, wie viel *mein* Leben wert ist», fuhr Dumont fort. «Mein Leben ist rein gar nichts mehr wert. Das habe ich dir und deiner Bank zu verdanken.» Er warf ihm ein Geldbündel vor die Knie. «Hier hast du dein Geld! Friss es!»

Marquart hob den Kopf und starrte Dumont an. Tränen liefen ihm über die Wangen.

«Friss das Geld oder ich blase dir den Schädel weg!»

Marquart zog eine Note aus dem Bündel und stopfte sie sich mit zitternden Fingern in den Mund.

«Hören Sie auf!», schrie Steiner.

«Halten Sie sich da raus!», gab Dumont zurück, ohne den Blick von Marquart zu nehmen. «Er hat es nicht anders verdient.»

«Der Range Rover wartet draussen», sagte Steiner. «Es ist Zeit, dass wir gehen.»

Dumont antwortete nicht. Doch plötzlich fasste er das Gewehr beim Lauf und schlug mit dem Kolben gegen Marquarts Kopf. Marquart sackte zur Seite. Eine der beiden Frauen schrie auf.

«Füllen Sie das Geld in den Koffer, dann ziehen Sie sich an!» Dumont zielte mit dem Gewehr nun auf Steiner.

Steiner stapelte das Geld in den Koffer und zog sich an.

«Gehen Sie voraus!», befahl Dumont.

Steiner nahm den Koffer in die Hand und verliess das Büro. Am anderen Ende des Korridors blieb er stehen und drückte auf den Knopf des Aufzugs.

«Wir gehen zu Fuss», sagte Dumont. «Das ist besser für die Fitness.»

In der Eingangshalle verlangsamte Steiner seine Schritte.

«Wo ist der Schlüssel?», fragte Dumont.

Steiner griff mit einer Hand in die Hosentasche und zog den Wagenschlüssel heraus.

Dumont nickte. «Gut. Sie werden fahren.»

«Da draussen sind Scharfschützen postiert.»

Dumont lächelte. «Warum sagen Sie mir das?»

«Ich will weder mein noch Ihr Leben gefährden.»

«Sehr grosszügig von Ihnen!» Dumont zielte mit dem Gewehr auf Steiners Kopf. «Ziehen Sie Ihr Jackett aus und legen Sie es sich über den Kopf und die Schultern!»

Steiner tat, was ihm Dumont befohlen hatte.

«Nehmen Sie den Koffer auf!» Dumont zog sich das Ende des Jacketts über den Kopf und stellte sich dicht hinter Steiner. Das Gewehr hielt er an die Brust gepresst, Steiner spürte den kalten Lauf im Nacken.

«Los jetzt!»

Steiner öffnete die Eingangstür. Eine Hitzewelle schlug ihm entgegen. Langsam ging er auf den Range Rover zu. Er hörte auf jeden Ton. Ein Raunen ging durch die Zuschauermenge. Steiner zog den Kopf ein. Er wusste, dass die Scharfschützen niemals schiessen würden, wenn er selbst getroffen werden könnte. Trotzdem war es ein sehr unangenehmes Gefühl.

Ein Helikopter war zu hören.

Endlich hatte Steiner den Wagen erreicht. Er öffnete die Beifahrertür. Dumont gab ihm einen Stoss, sodass er auf den Sitz fiel.

«Los, los, auf den Fahrersitz, schnell», schrie Dumont, der bereits die Tür hinter sich geschlossen hatte und auf die Rückbank kletterte.

«Worauf warten Sie noch? Fahren Sie los!» Dumont hielt den Gewehrlauf nun wieder auf Steiners Kopf gerichtet.

Mit zitternden Fingern steckte Steiner den Schlüssel ins Zündschloss und startete den Motor.

Gesichter huschten vorbei, Blitzlichter zuckten auf. Steiner konnte nicht erkennen, ob es sich um Reporter oder neugierige Zuschauer handelte.

«Wohin soll ich fahren?», fragte er, als sie das Ende der Kappelergasse erreicht hatten. Im Rückspiegel sah er, dass ihnen eine Eskorte von Polizeiautos folgte.

«Zum Flughafen. Geben Sie mir Ihr Handy!»

Steiner zog das Handy aus seinem Jackett und reichte es nach hinten.

Er bremste vor einer roten Ampel.

«Fahren Sie!» Dumont drückte den Gewehrlauf in sein Genick. «Fahren Sie weiter!»

Steiner betätigte die Warnblinkanlage und fuhr langsam an. Die Fahrer auf der Kreuzung bremsten, gestikulierten, hupten.

Als sie über die Hardbrücke fuhren, atmete Steiner auf. Jetzt lagen nur noch wenige Kreuzungen mit Ampeln vor ihnen und bald würden sie die Autobahn erreichen.

«Sie denken sicher, ich sei ein skrupelloser Mensch», sagte Dumont plötzlich.

Steiner blieb stumm.

«Wollen Sie wissen, auf welche Art und Weise man mich entlassen hat? Als ich am Morgen zur Arbeit kam, übergab mir die Personalchefin einen Karton mit meinen persönlichen Sachen und teilte mir mit, ich sei ab sofort freigestellt. Lehmann hatte nicht einmal den Anstand, es mir selbst zu sagen. Er liess sich nicht blicken.»

«Das muss hart gewesen sein.»

«Wie konnte er so skrupellos sein, nach allem, was ich für ihn getan hatte? Ich habe mich mit Whisky volllaufen lassen. Aber es half nichts.» Dumont beugte sich nach vorn. «Warum mussten meine Eltern sterben, während so einer leben durfte? Warum liess Gott das zu?»

Steiner sah im Rückspiegel, dass die Polizeiautos immer noch dicht hinter ihnen waren.

«Als ich auf der Brücke stand, wusste ich auf einmal, was zu tun war. Es gab keinen …»

«Brücke?», unterbrach ihn Steiner.

«Ich wollte mich umbringen.» Dumont liess sich in den Sitz zurückfallen. «Doch als ich am Geländer stand, wurde mir klar, was ich tun musste. Es gab keinen Gott, der für Gerechtigkeit sorgte.»

«Also wollten *Sie* die Ungerechtigkeit beseitigen.»

«Ich habe in der Tiefgarage auf ihn gewartet.»

«Auf Lehmann?»

«Ja. Ich wollte mit ihm reden. Doch er lachte nur laut heraus. Er sagte, ich solle sofort verschwinden, sonst rufe er die Polizei. Mit einem Verlierer wolle er nichts mehr zu tun haben.»

«Dann haben Sie ihn entführt und umgebracht.»

«Er hat es nicht anders verdient.»

«Warum haben Sie die Leiche nicht vergraben?»

«Ich wollte, dass man sie findet. Es sollte eine Warnung sein.»

«Lehmann hatte kein Geld im Magen.»

«Auf diese Idee bin ich erst beim Zweiten gekommen. Als er um ein Stück Brot bettelte.»

«Sie meinen Lacher?»

«Ja. Als ich hörte, dass Engler aus Verzweiflung seine Familie umgebracht hatte, wusste ich, dass mein Werk noch nicht vollendet war.» Dumont beugte sich wieder nach vorn. «Die Gier der Manager kennt keine Grenzen.»

«Die Gier begleitet den Menschen, solange es ihn gibt», warf Steiner ein.

«Aber die Gier der Manager ist unerträglich. Sie verzocken Milliarden und kassieren trotzdem fette Boni.»

«Sie selbst wollten doch auch Karriere machen bei der Bank. Ihre Exfrau hat uns …»

«Ja, Sie haben recht», unterbrach ihn Dumont, «beinahe wäre ich dem Teufel verfallen.»

Sie hatten unterdessen den Gubristtunnel erreicht. Die Polizeiautos folgten ihnen auf beiden Spuren. Die Blaulichter blinkten gespenstisch in der dunklen Röhre.

«Wofür ist die Million im Koffer?»

«Das Geld ist nicht für mich.»

Steiner sah im Rückspiegel, wie Dumont schmunzelte und den Koffer aufklappte.

«Nicht für Sie?»

«Nein!» Dumont deutete mit der Hand nach vorn zur Windschutzscheibe, wo das Ende des Tunnels auftauchte. «Verlassen Sie die Autobahn bei der nächsten Ausfahrt!»

«Wir sind noch nicht beim Flughafen.»

«Tun Sie, was ich Ihnen sage!»

Steiner drosselte die Geschwindigkeit und setzte den Blinker. Als er auf der Ausfahrtspur auf das Armaturenbrett blickte, sah er, dass die Benzinwarnleuchte brannte.

35

«Wir müssen tanken», sagte Steiner.

Dumont beugte sich vor und sah auf das Armaturenbrett. «Ihr habt mich reingelegt!», stiess er hervor.

Steiner spürte seinen Atem im Nacken.

Dumont schaute durch die Heckscheibe zu den Verfolgern. Er drehte sich wieder zu Steiner um und hielt ihm den Gewehrlauf an die Schläfe. «Warum habt ihr das getan?»

«Ich wusste nichts davon.» Steiner spürte, wie ihm der Schweiss ausbrach.

«Schöne Kollegen haben Sie!»

«Was soll ich tun?»

«Halten Sie an der nächsten Tankstelle.»

Steiner lockerte seinen Krawattenknoten. Seine Hände waren feucht. Das Hemd klebte ihm am Rücken.

«Warum haben Sie mich gewarnt?»

«Ich hielt es für angebracht.»

«Sie wollten nicht, dass die Situation ausser Kontrolle gerät. Ganz der vorbildliche Polizist!»

Endlich tauchte eine Tankstelle auf. Steiner setzte den Blinker und fuhr langsam auf sie zu.

«Lassen Sie den Motor laufen!», wies Dumont ihn an.

Kaum hatte Steiner neben einer Zapfsäule angehalten, ertönte eine Stimme aus einem Megafon. «Hier spricht die Polizei. Alle mit Ausnahme des Range Rovers verlassen sofort das Gelände der Tankstelle!» Es war Mellinger.

Es dauerte etwa zehn Sekunden. Dann stand der Range Rover allein auf dem Platz der Tankstelle. Er war umzingelt von Polizeiautos und weiteren Einsatzwagen. Hinter den Fahrzeugen konnte man schwarze Helme erkennen. Steiner sass wie gebannt im Fahrersitz. Er starrte auf die vielen Gewehrläufe, die auf ihn gerichtet waren. Sein Herz raste.

«Worauf warten Sie?», sagte Dumont. «Steigen Sie aus und füllen Sie den Tank. Und kommen Sie auf keine dummen Gedanken! Mein Gewehr ist die ganze Zeit auf Ihren Kopf gerichtet.»

Steiner öffnete die Wagentür. Er glitt von seinem Sitz herunter und hob die Hände in die Höhe. Der Geruch von Benzin lag in der Luft. Ein Helikopter knatterte über dem Platz. Steiner ging um den Wagen herum und blieb neben der Zapfsäule stehen. Die Hitze trieb ihm den Schweiss auf die Stirn.

«Jetzt können Sie Ihren Kollegen zuwinken!» Dumont hatte die Scheibe heruntergelassen. Der Lauf des Sturmgewehrs war direkt auf Steiner gerichtet. «Aber ich glaube kaum, dass sie zurückwinken werden.»

Er hat keine Angst, dachte Steiner. Er ist fest entschlossen, sein Vorhaben durchzuführen. Was immer es sein mag.

Er nahm den Stutzen und führte ihn in die Tanköffnung ein. Ein brummender Ton ertönte, als der Treibstoff in den Tank floss.

Die Sekunden verstrichen wie in Zeitlupe. Steiner erwartete jeden Augenblick eine Polizeiaktion. Gewehrschüsse, heranstürmende schwarze Gestalten. Wie würde er sich verhalten? Würde er sich auf den Boden werfen? Oder würde er wie erstarrt einfach stehen bleiben?

Das Klicken des Zapfhahns liess ihn zusammenfahren. Er zog den Stutzen heraus und steckte ihn in die Halterung zurück. In diesem Moment nahm er aus den Augenwinkeln eine Bewegung wahr. Er versuchte, sich nichts anmerken zu lassen. Kaum merklich drehte er den Kopf.

Zwei Gestalten näherten sich dem Range Rover. Die eine hielt ein Mikrofon in der Hand, die andere trug eine Kamera auf der Schulter. Steiner machte eine abwehrende Handbewegung. Doch es half nichts, die beiden näherten sich Schritt um Schritt.

Die Stimme aus dem Megafon durchbrach die Stille wie ein Blitz die Dunkelheit. «Hier spricht die Polizei. Gehen Sie unverzüglich zurück!»

Nun hatte auch Dumont die Männer entdeckt. «Steiner, setzen Sie sich ans Steuer!»

Steiner hob wieder die Hände über den Kopf und ging um den Wagen herum.

Den beiden Männern warf er einen strengen Blick zu und schüttelte langsam den Kopf, zum Zeichen, dass sie nicht näher kommen sollten. Doch es nützte nichts. Sie näherten sich unaufhaltsam.

Steiner setzte sich hinters Steuer und schloss die Tür.

«Fahren Sie los!», befahl Dumont.

Der Range Rover setzte sich in Bewegung. Steiner fuhr langsam auf die Wand aus Polizeifahrzeugen zu.

Jetzt kam Hektik in die Mannschaften vor ihm. Die Uniformierten hetzten umher, stiegen hastig in die Wagen ein. Einige Fahrzeuge wurden zur Seite gefahren, eine schmale Gasse entstand. Steiner steuerte vorsichtig hindurch wie mit einem Boot durch eine enge Schleuse.

Ein seltsames Gefühl überkam ihn, als er auf die Strasse einbog. Es war, als würde er unter Drogen stehen. Töne drangen wie durch Wasser an sein Ohr. Er starrte auf die graue Asphaltstrasse und die weissen Mittelstreifen.

Sie liessen die Häuser hinter sich und folgten nun einer schnurgeraden Überlandstrasse. Auf beiden Seiten erstreckte sich ein grosses Maisfeld.

Auf einmal fiel Steiner auf, dass es keinen Verkehr mehr gab. Kein Auto, das ihnen entgegenkam. Auch die Polizeifahrzeuge blieben in grösserem Abstand als bisher hinter ihnen zurück.

Dann sah er in einiger Entfernung quer über der Strasse eine Mauer aus Blech und ein Heer von Blaulichtern.

36

Steiner nahm den Fuss vom Gaspedal.

«Was ist los?» Dumont beugte sich vor und blickte durch die Windschutzscheibe. «Was soll das?»

«Sie hoffen auf Ihre Vernunft.»

Der Range Rover rollte langsam aus.

Dumont schnaubte. «Ich war mein ganzes Leben lang vernünftig. Die Zeit der Vernunft ist vorbei.»

Der Wagen kam zum Stillstand. Die Strassensperre befand sich etwa hundert Meter vor ihnen. Und etwa hundert Meter hinter ihnen standen die Verfolger und warteten.

Dumont sah abwechslungsweise nach vorne und nach hinten. Zum ersten Mal konnte Steiner Schweissperlen auf seiner Stirn sehen.

«Ihr habt mich reingelegt!»

«Was haben Sie denn erwartet?» Steiner wandte sich zu ihm um. «Dass wir Sie zum Flughafen begleiten und Ihnen beim Abflug winken? Es gibt Gesetze in diesem Land. Sie haben Menschen entführt und getötet.»

«Die haben auch gegen Gesetze verstossen. Gegen das Gesetz der Menschlichkeit zum Beispiel.»

Steiner schwieg. Nur das leise Rauschen der Klimaanlage und das tiefe Brummen des Dieselmotors waren zu hören. Was konnte er tun? Er spürte seinen schnellen Herzschlag. Erika und Nina tauchten in seinen Gedanken auf. Obwohl es kühl war im Wagen, rannen ihm Schweisstropfen die Schläfen herab. Er wischte sich mit dem Ärmel übers Gesicht. «Sie werden diesen Krieg niemals gewinnen», sagte er schliesslich.

«Ich bin nicht allein. Andere werden folgen.»

«Andere?»

Dumont gab keine Antwort, sondern hob das Gewehr und zielte auf Steiners Kopf. «Fahren Sie!»

Steiner starrte in Dumonts Augen.

«Fahren Sie!», wiederholte Dumont. «Oder soll ich Sie erschiessen und selber fahren?»

Steiner sah wieder nach vorn. Die Barrikade aus Polizeifahrzeugen schien undurchdringlich. Ein Wall, der jedem Ansturm standhalten würde.

Vorsichtig trat er aufs Gaspedal. Der Wagen setzte sich in Bewegung.

«Schneller!», sagte Dumont und presste den Lauf in Steiners Nacken.

«Das ist Selbstmord!», schrie Steiner.

«Schneller!»

«Sie sind wahnsinnig!»

Steiner umklammerte das Lenkrad mit aller Kraft. Er warf einen Blick auf die Tachonadel. Starrte auf die Fahrzeugmauer. Suchte eine Lücke. Sein Herz hämmerte wie ein Presslufthammer.

Noch achtzig Meter.

Er konnte die Gewehrläufe der Scharfschützen erkennen. Sie waren auf ihn gerichtet. Jeden Augenblick konnte die Frontscheibe durch ein Geschoss zersplittern.

Noch sechzig Meter.

Die Blaulichter drehten sich, so schien ihm, in rasender Geschwindigkeit.

Noch vierzig Meter.

Er schloss die Augen und zog den Kopf ein. Presste sich gegen die Sitzlehne, um dem Aufprall entgegenzuwirken. Bin ich angegurtet?, schoss es ihm durch den Kopf.

Noch zwanzig Meter.

Er riss das Lenkrad nach links. Maisblätter peitschten gegen die Frontscheibe. Dumont schrie. Steiner löste den Sicherheitsgurt. Zog am Türgriff. Stemmte die Schulter mit voller Kraft gegen die Tür.

Erde war in seinem Mund. Er spuckte sie aus und hustete. Gierig atmete er Luft ein. Er öffnete die Augen. Ein dunkelgrüner Urwald aus Stängeln und Blättern. Er hob den Kopf. Vor ihm eine breite Bresche aus geknickten Maispflanzen. Der Range Rover war nicht zu sehen. Ein Helikopter knatterte über seinem Kopf. Er erhob sich. Zuerst auf die Knie, dann auf die Füsse.

Wo war Dumont?

Der Knall der Explosion kam ohne Vorwarnung und schmerzte in seinen Ohren. Er liess sich auf die Knie fallen und legte die Arme schützend über seinen Kopf. Glasscherben und Metallsplitter prasselten auf ihn herunter.

Als er den Kopf hob, sah er schwarzen Rauch zum Himmel aufsteigen. Helle Flammen züngelten zwischen den Maisstängeln hindurch. Über ihm flatterten violette Vögel. Es waren Tausendernoten.

Es folgten weitere Explosionen. Es hörte sich an wie ein Feuerwerk. Er bekam Angst und torkelte davon. Auf der Strasse blieb er erschöpft stehen und holte Atem. Seine Hand schmerzte. Sie war blutverschmiert. Übelkeit überfiel ihn. Dann wurde ihm schwarz vor den Augen.

Dumonts Hand war zu einer Hilfe suchenden Geste erstarrt. Eine schwarze Klaue. Es roch nach verbranntem Gummi. Immer noch stiegen Rauchschwaden auf. Die Maisstängel rund um den Range Rover waren verkohlt.

«Das Tanken hat ihn das Leben gekostet», sagte Amberg. «Der fast leere Tank wäre wohl nicht explodiert.»

Steiner sah sich um. Polizisten waren damit beschäftigt, die Tausendernoten aufzusammeln, die nicht den Flammen zum Opfer gefallen waren.

«Durch die enorme Hitze im Innern des Wagens», fuhr Amberg fort, «wurden die Handgranaten zur Explosion gebracht. Er war zu diesem Zeitpunkt wohl bereits tot.»

«Ein schreckliches Ende!», sagte Lara, die neben Steiner stand.

«Ich bin mir nicht sicher, ob es so abgelaufen ist.»

«Wie meinst du das?», fragte Lara.

«Ich glaube nicht, dass zuerst der Tank explodiert ist.»

«Was denn sonst?»

«Eine Handgranate.»

Lara sah ihn fassungslos an. «Du meinst, er hat sich selbst in die Luft gesprengt?»

Steiner zuckte mit den Schultern.

«Wie geht es Ihnen?» Plötzlich stand Mellinger vor ihm und betrachtete ihn mit besorgter Miene.

Steiner berührte den Verband an seiner Hand. «Es geht mir gut. Nur eine Schnittwunde.»

«Da bin ich froh», sagte Mellinger. «Ich hatte Angst um Sie.» Und er fügte hinzu: «Sie haben einen guten Job gemacht.» Dann wandte er sich um und verliess den Ort.

«Moment», sagte Lara. «War das wirklich Mellinger?»

37

Steiner war fast so nervös wie bei seinem ersten Rendezvous mit Erika. Warum wollte sie ihn ausgerechnet im Restaurant Movie treffen? Er hatte früher als üblich Feierabend gemacht und unterwegs noch einen Strauss Rosen gekauft. Waren die Blumen überhaupt angebracht?

«Hallo, Schatz.» Erika stand mit einem Lächeln vor ihm.

Er erhob sich und wollte sie auf den Mund küssen, aber sie hielt ihm nur die Wange hin.

«Vorsicht, Lippenstift», sagte sie.

Sie setzten sich.

«Sind die für mich?» Erika deutete auf den Rosenstrauss. Steiner nickte.

«Wann hast du mir das letzte Mal Rosen geschenkt?»

Zum Glück trat die Kellnerin an den Tisch, so brauchte er sich nicht weiter darüber Gedanken zu machen. Sie bestellten Truthahnbrust mit Salat und eine Flasche Rotwein.

Steiner fiel auf, dass Erika einen aussergewöhnlich fröhlichen Eindruck machte. Ihre Augen leuchteten wie die einer Verliebten.

«Ich weiss nicht so recht, wo ich anfangen soll», sagte sie. Auf ihren Wangen war eine leichte Röte zu erkennen. Steiner wusste, dass das bei ihr nur vorkam, wenn ihr etwas peinlich war oder wenn sie Angst hatte.

Die Kellnerin brachte den Wein und füllte die Gläser.

«Also, ich muss dir etwas beichten.» Sie nahm einen Schluck aus dem Glas, als müsste sie sich zuerst Mut antrinken. «Verstehe mich bitte nicht falsch! Ich bin nicht unzufrieden mit meinem Leben. Aber mit den Jahren begann mir etwas zu fehlen. So habe ich angefangen, im Internet zu suchen. Es war nicht einfach, es gibt so viele ...»

«Wie heisst er?», fiel Steiner ihr ins Wort.

Erika sah ihn mit grossen Augen an. Dann begann sie so laut zu lachen, dass sie beinahe keine Luft mehr bekam und ihr Tränen die Wangen hinunterliefen. Einige Gäste drehten verwundert ihre Köpfe in ihre Richtung.

«Du hast wirklich geglaubt, ich hätte ein Verhältnis?» Sie wischte sich mit der Serviette die Tränen aus den Augenwinkeln.

Steiner beugte sich zu ihr vor. «Ich habe dich mit ihm gesehen. Hier im Movie.»

Sie schüttelte den Kopf. «Das war der Besitzer der Liegenschaft. Ich habe mich mehrmals mit ihm getroffen.»

«Liegenschaft?»

«Kannst du dich nicht mehr erinnern? Ich wollte doch eine Boutique eröffnen. Aber als Nina unterwegs war, musste ich den Traum auf die Seite legen.»

«Du willst eine Boutique eröffnen? Warum hast du mir nichts davon gesagt?»

Sie streckte die Hand aus und strich über seine Wange. «Du hättest mir den Traum ganz bestimmt in kürzester Zeit wieder ausgeredet. Das wollte ich nicht riskieren.»

Er nahm ihre Hand und küsste sie.

Ein Zettel lag auf dem Küchentisch, als sie nach Hause kamen. *Bin mit Michi im Ausgang. Bin um zwölf zuhause.*

«Wer ist Michi?», fragte Steiner.

«Keine Ahnung», sagte Erika.

Peter Hänni: Samenspende

Leseprobe (Seiten 5–8) aus
Peter Hänni: Samenspende. Kriminalroman
189 Seiten, gebunden. Cosmos Verlag

Mit leiser Verwunderung und einem Anflug von Ärger
nahm Charlotte Berger zur Kenntnis, dass der Aufzug an
ihrer Etage vorbeirumpelte und weiter nach oben fuhr.
Wenige Augenblicke später war der Glockenton dann doch
zu hören, gedämpft zwar nur, aus einer der oberen Etagen.
Das Fahrgeräusch verstummte. Charlotte Berger warf einen
flüchtigen Blick auf ihre Armbanduhr. Es war kurz vor
acht. Sie empfand es als höchst ungewöhnlich, dass sich
abends um diese Zeit noch andere Personen im Gebäude
aufhielten. Der Aufzug fuhr wieder los und bereits nach
wenigen Sekunden ertönte der Glockenton zum zweiten
Mal, diesmal auf ihrer Etage.

Aufreizend langsam und begleitet von einem hellen
Quietschen öffnete sich die Schiebetür. Charlotte Berger
war gespannt, wer dahinter zum Vorschein kommen würde.
Eine Sekunde später gab die weichende Tür den Blick auf
einen jungen, schlanken Mann frei. Er stand mit dem
Rücken zur hinteren Kabinenwand und schaute sie aus-
druckslos an.

Charlotte Berger kannte ihn nicht. Und sie stufte ihn sofort als höchst durchschnittlich und damit uninteressant
ein. In jeder Hinsicht. Die beiden tauschten kurze, freudlos
hingeraunzte Grussformeln aus, während sie mit zwei
energischen Schritten die Kabine betrat. Der junge Mann
machte Anstalten, ein wenig zurückzuweichen, aber die
engen Platzverhältnisse liessen es nicht zu. Kaum hatte
Charlotte Berger die Kabine betreten, kehrte sie ihm mit
einer schwungvollen Drehung den Rücken zu und drückte

die Türschliesstaste zu ihrer Linken. Die Anzeige «EG» für das Erdgeschoss leuchtete bereits, offensichtlich würden sie das Gebäude gemeinsam verlassen.

Mit einem leichten Ruck setzte sich der Aufzug in Bewegung und holperte gemächlich abwärts. Beide Augenpaare richteten sich auf die Stockwerkanzeige, die fortlaufend die Position der Kabine anzeigte.

Als der Aufzug ungebremst weiterfuhr, obwohl das Erdgeschoss angekündigt wurde, schwenkte Charlotte Berger ihren Blick auf die «EG»-Taste, um sich zu vergewissern, dass diese leuchtete. Dann wandte sie sich dem jungen Mann zu, der auf ihren fragenden Blick nur mit einem Schulterzucken reagierte.

Mit unverminderter Geschwindigkeit fuhr der Aufzug auch an den Etagen «U1» und «U2» vorbei. Die Anzeige hatte bereits auf «U3» gewechselt, als die Kabine abrupt stehen blieb. Die Kabinenbeleuchtung flackerte kurz – dann wurde es dunkel.

Sekundenlang blieb es still. Charlotte Berger hörte nur die ruhigen Atemzüge ihres Mitpassagiers, während sie selbst die Luft anhielt. Sie fürchtete, der Lift könnte sich unkontrolliert in Bewegung setzen und nach unten stürzen.

Aber die Kabine bewegte sich keinen Millimeter.

«Was soll das?», fragte sie in die Dunkelheit.

«Ich fürchte, wir sind stecken geblieben», antwortete der junge Mann.

«Ach, tatsächlich?» Sie tastete nach den Liftknöpfen und begann wahllos darauf herumzudrücken. «Verdammt noch mal», gab sie gepresst von sich, als sie realisierte, dass ihre Bemühungen nichts fruchteten. «Sie haben nicht zufällig ein Feuerzeug dabei?»

«Sie wollen rauchen?»

«Nein, natürlich nicht», antwortete sie gereizt, «aber ich hätte gerne Licht.»

«Nein.»

«Was nein?»

«Nein, ich habe kein Feuerzeug dabei.»

Charlotte Berger verdrehte die Augen und fragte sich, warum sie ausgerechnet mit einem solchen Trottel in diese Lage geraten musste. Sie griff in ihre Handtasche und kramte nach dem Handy. «Kein Empfang», stand auf dem Display, aber immerhin spendete der kleine Bildschirm gerade so viel Licht, dass sie die Beschriftung der Tasten lesen konnte. Sie entdeckte eine rote Alarmtaste, die sie sofort drückte. Doch nichts geschah. Sie drückte immer und immer wieder – vergeblich.

«Wenn sie funktioniert, reicht es wohl, wenn man sie zwei oder drei Mal betätigt», sagte der junge Mann leise. «Wenn nicht, nützt es wahrscheinlich wenig, immer wieder daraufzudrücken.»

«Haben Sie eine bessere Idee? Ich möchte hier nämlich nicht stundenlang rumhängen. Haben Sie ein Handy?»

Es war wieder stockdunkel. Er antwortete nicht, aber Sekunden später erleuchtete ein schwacher Schimmer sein Gesicht. «Kein Empfang», sagte er und verstaute das Gerät in der Hosentasche. «Kein Wunder, wir stecken irgendwo zwischen dem zweiten und dem dritten Untergeschoss.»

Charlotte Berger seufzte tief. «Was also sollen wir tun? Wir können ja nicht einfach untätig herumstehen und warten.»

«Ich fürchte, uns bleibt nichts anderes übrig. Irgendwann wird man uns schon rausholen …»

«Irgendwann? Sie sind gut! Ich bin verabredet …»

«… Spätestens am Montag!»

Charlotte Berger verstummte augenblicklich. Schlagartig wurde ihr bewusst, dass es Freitagabend war und dass sie sich an einem Ort befanden, wo es ausschliesslich Praxis- und Büroräume gab. Sie selbst war an Wochenenden schon oft hier gewesen – aber selten war sie jemandem begegnet.

«Mein Gott!», stöhnte sie, «das darf doch nicht wahr sein!» Wie verrückt begann sie mit den Fäusten an die Kabinenwand zu hämmern und aus Leibeskräften um Hilfe zu schreien. Der junge Mann setzte sich derweil auf den Boden und liess sie gewähren. Nach einer Viertelstunde beruhigte sie sich langsam wieder.

«Warum setzen Sie sich nicht einfach hin und entspannen sich? Vielleicht ist ja schon Hilfe unterwegs?»

«Ich will mich nicht hinsetzen», trotzte sie mit heiserer Stimme, «ich will verdammt noch mal hier raus!»

Zwei Stunden später – sie hatte sich in der Zwischenzeit doch hingesetzt – befanden sich die beiden noch immer in ihrer ungemütlichen Lage. Obwohl Charlotte Berger noch mehrmals versucht hatte, sich lautstark bemerkbar zu machen, war von Hilfe keine Spur. Die Enge und vor allem auch die Dunkelheit setzten ihr zu. Zudem war es in der Kabine heiss und stickig geworden. Sie schwitzte stark, hatte einen völlig ausgetrockneten Mund – und zunehmend das Bedürfnis, ihre Blase zu entleeren.

Die meiste Zeit war sie mit sich selbst beschäftigt, musste gegen aufkommende Panikattacken ankämpfen, aber zwischendurch realisierte sie, mit welch unglaublicher Ruhe der junge Mann die Misere ertrug.

«Sind Sie eigentlich eingeschlafen?», fragte sie in die Dunkelheit, nachdem ihr Schicksalsgenosse eine Ewigkeit geschwiegen hatte.

«Keineswegs. Ich bin hellwach!», antwortete der, in fast schon vergnüglichem Ton, wie sie fand.